KB050175

맨발의 춤

맨발의 춤

초판 1쇄 인쇄일 2018년 4월 5일
초판 1쇄 발행일 2018년 4월 12일

지은이 김혜강
펴낸이 양옥매
디자인 송다희 임흥순
교 정 조준경

펴낸곳 도서출판 책과나무
출판등록 제2012-000376
주소 서울특별시 마포구 방울내로 79 이노빌딩 302호
대표전화 02.372.1537 **팩스** 02.372.1538
이메일 booknamu2007@naver.com
홈페이지 www.booknamu.com
ISBN 979-11-5776-544-7(03800)

이 도서의 국립중앙도서관 출판시도서목록(CIP)은 서지정보유통지원 시스템 홈페이지(http://seoji.nl.go.kr)와 국가자료공동목록시스템 (http://www.nl.go.kr/kolisnet)에서 이용하실 수 있습니다.
(CIP제어번호: CIP2018010229)

부산문화재단 본 도서는 2018년 부산문화재단 지역문화예술 특성화 지원사업으로 지원을 받았습니다.

김혜강
세번째
수필집

맨발의 춤

책과나무

프롤로그

행복한 사람이 많아 보이지만
행복하지 않은 사람이 더 많은 듯하다.
화려한 외관 속에
숨겨진 것들의 모습이
불확실한 시대다.

아침에 눈을 뜨면
온갖 사건 사고에서
살아남았음에
매일매일 감사해야 할 지경이다.

그런 개인의 삶과 상관없이

인류는 불멸처럼 흐르고

그 절대를 막을 수 있는 것은 없어

유한자들의 하루가

또 저물고 있다.

– 2018년 3월

김혜강 지음

차 례

part 3 경계를 허물다

part 4 설화를 듣다

part 3 짧은 다짐

고요를 펴다

part 1

고요를 펴다

툭. 들릴 듯 말 듯한 소리가 고요의 표면을 찢었다. 소리는 사람이나 바람에 의해 물상들이 움직이거나 부딪힘이 있을 때 나는 자연 현상이다. 뭐가 떨어졌나. 그러기에는 너무 작디작고 약한 소리다. 겨울이라 창문은 닫아 놓았으니 바람이 일으킨 소리는 아닐 테고, 무슨 소리지. 이리저리 둘러보다 거실 한쪽에 놓여 있는 꽃바구니에 눈이 머물렀다. 바닥에 꽃 한 송이가 떨어져 있는 게 보였다. 며칠 전 '작품상'을 수상하던 날 글벗들이 선물로 준 꽃바구니에 꽂혀 있던 꽃 가운데 한 송이가 떨어지면서 내는 소리였던 게다.

가만히 다가가 주워서 보니 백합이었다. 고왔던 하얀 피부가 누렇게 변해 쭈그러져 있었다. 살아 있음의 상징이던 수분이 다 빠져나간, 피부가 꾸들꾸들해진 꽃은 볼품없고 가벼웠다. 젊음이 충만하던 지난날, 공들여 하얀 얼굴을 가꾸고 가꾸어서 마침내 타자들이 누리는 향연을 위하여 대처로 기꺼이 달려왔던 꽃. 축제의 장을 색색으로 빛내고 사람들이 말로써 못다 한 나머지 마음을 대신 전하며 기꺼이 미소 지었던 꽃이었다. 온몸으로 축하를 하고 나머지 기력마저 다한 작은 몸이 피던 때와 마찬가지로, 갈 때도 저 홀로 조용히 가는 미미한 소리. 세상에 온갖 소리들이 있지만 고요하지 않으면 들을 수 없는 소리다.

시상식이 있던 날, 제일 먼저 달려와 식장을 환하게 꾸며 행사를 빛나게 해 준 꽃. 기념사진을 찍을 때는 카메라를 향해 이쪽 저쪽 자리로 불려 다니며 수상자들의 들러리도 기꺼이 맡아 주었다. 낯선 대처에서 자신이 가진 재능을 아낌없이 내어주고 짧은 생을 마감한 꽃. 환하게 빛나던 생과 달리 꽃의 마지막도 쓸쓸한 것은 사람이나 마찬가지였다. 마침 거실에 고요가 깔려 있지 않았다면 이승을 떠나는 꽃의 마지막 몸짓 소리를 들을 수 없었을 게다.

사람이 일생을 다하고 마지막 길을 나설 때는 피붙이들의 위로와 배웅을 받고 떠나기 마련이다. 아무리 멀리 떨어져 있어도, 아무리 급한 일이 있어도 만사를 제쳐 놓고 죽어 가는 피붙이를 위하여 달려온다. 사별의 두려움을 감당하며 영원으로 떠나는 영혼이 조금이나마 덜 두렵고 외로워하게 위로하고 위로한다. 죽어 목숨이 없어지면 어떤 경지에 있게 될지 알 수 없지만, 죽어 가는 사람이나 산 사람이나 애통함을 덜려는 유한자들의 마지막 기원인 게다.

똑같은 유한자지만 사람과 다르게 꽃은 혼자서 조용히 명을 마쳤다. 아직은 꽃바구니에 꽂혀 있는 꽃들과 달리 바닥으로 떨어진 꽃은 이제 더 이상 꽃이 아니다. 유달리 하얗던 얼굴도, 꽃바구니를 통틀어 우뚝 솟았던 며칠 전의 위상도 소멸되어 거대한 우주의 품속으로 들어가 버리고 누렇게 변색한 육신만 허허롭게 놓여 있을 뿐이다. 나는 떨어진 꽃을 주워 조금 전까지 꽂혀 있던 꽃바구니에 가만히 얹어 주었다. 굳이 의미를 둘 것까지야 없지만 무한으로 떠나는 쓸쓸한 임종을 내가 지켜봤으니 꽃이여 너무 외로워 말고 명부에서 부디 안식하기를.

꽃 지는 소리. 기러기들이 먼 나라로 가느라 공중을 가르는 소리. 벽들이 미세하게 움직이는 소리. 닭을 열고 나오는 달걀의 소리. 미풍과 속삭이는 나뭇잎 소리. 깊은 잠의 바다를 항해하는 고른 숨소리. 바닥에 자리를 깔고 앉아야 비로소 몸에 쌓인 피로가 내려앉듯 세상에는 결이 곱고 부드러운 고요를 펼쳐야만 들을 수 있는 소리들이 많이 있다. 이런 소소한 소리들은 큰 소리들에 묻혀 존재 자체가 잘 드러나지 않는다.

유쾌한 노랫가락에 귀 기울이고 오랫동안 꿈꿨던 여행 일정에 대한 설명을 들으며 어느 백화점에서 세일을 하는지를 골라서 보고 듣거나 자식과 배우자에 대한 일상의 소식들을 듣는 데 우리 귀의 주파수는 대부분 맞춰져 있다. 이렇게 맞춰진 주파수는 정물처럼, 좀처럼 다른 각도에서 나는 소리는 담아 오지 못한다. 그러나 얼마만이라도 이런 소리들을 꺼 버리고 주위를 고요하게 하면 꽃이 툭하고 떨어지는 소리와 같은 평소에는 듣지 못하던 소리를 들을 수 있다. 인간만이 아니라 유형무형으로 존재하는 세상 모든 타자들이 내는 소리들을 부분이나마 들을 수 있다.

가난이나 질병 등의 고통으로 신음하는 사람들의 소리, 혼자서는 감당하기 힘든 문제로 길을 잃은 사람들이 방향을 알려 달라며 보내오는 신호, 학대받는 동물들의 항거, 제도권 밖에 있는 이념들의 숨소리도 들을 수 있다. 힘없고 약한 존재들이 내는 소리들은 대개가 작아서 일상의 청력과 주파수로는 잘 들을 수 없고 들리지 않는다. 힘없고 약한 존재들의 소리를 들을 수 있는 방법은 관심이다. 매일 반복해서 듣는 일상의 소리들을 끄고 약한 타자들이 내는 소리에 귀 기울이는 시간이 많아졌으면 좋겠다. 힘없고 약한 타자들의 소리를 지속적으로 들을 수 있는 주파수와 청력을 기르다 보면, 마침내 내면 깊숙한 곳에 있는 존재 본성의 소리를 들을 수 있는 귀도 열릴 것이라 생각한다.

인간의 본성을 두고 성선설을 주장하기도 하고 성악설을 주장하기도 하지만 유구한 세월, 악습을 개선하며 앞으로 나아가는 인류를 보면 성선설이 설득력이 있어 보인다. 다만 내면 깊숙이 잠재되어 있는 선을 발아시키고 바람직하게 키워 나가는 것은 본인이 해야 할 몫이다. 잠시 짬을 내어 주위에 부드러운 고요를 펼치고 앉아 본다. 일상에서 나는 소리들을 지우고 힘없고 나약한 타자들이 내고 있는 소리가 있는지 귀 기울여 본다.

맨발의 춤

산에서 부는 바람은 매섭기가 날 선 작두 같다. 호흡을 가다듬은 무녀가 지푸라기 하나를 집어 들고 작두날에 갖다 대자 가볍게 끊어진다. 벼린 날이 얼마나 날카로운가를 구경하는 사람들에게 분명히 보여 주려는 게다. 섬뜩하다 못해 푸른빛의 냉기를 뿜어내고 있는 작두날. 저 작두날에는 무엇을 갖다 대도 베어질 것이다.

무녀는 손발이 떨어져 나갈 것 같은 강추위도 아랑곳없는 듯 맨발이다. 치마를 두 손으로 살짝 추켜올려 맨발이 보이게 한 후 주위에 둘러선 사람들을 향해 한 바퀴 돈다. 혹여 의심을 살까 봐 맨발임을 보여 주는 게다. 그런 다음, 작두날 위로 날렵하게 뛰어오른다. 순간 매섭던 겨울바람이 숨을 멈추고 주위도 움찔한다.

달무리처럼 모여 서서 바라보던 사람들도 '에그그' 하며 이마를 찡그린다.

곧 무녀의 맨발에 선혈이 낭자할 것이다. 아니, 칼날 위에 제대로 서지도 못하고 비틀거리며 넘어질 것이다. 그게 아니면 아마도 마술처럼 고도의 눈속임을 하는 것일 게다. 굿으로 세상일이 해결된다면 세상에 해결하지 못할 게 어디 있단 말인가. 미궁으로 남아 있는 화성 연쇄살인사건도, 치유되지 않는 병들도 없어야 할 것이고 세상에는 화평한 일들만 있어야 할 게다.

과연 무녀는 소여물이나 약초를 썰던 저 벼린 작두날 위를 맨발로 걸을 수 있을까. 그런 말도 안 되는 일은 일어나지 않을 것이다. 마음속으로 그런 생각을 하고 있는데 두 손에 부채를 쥔 무녀가 잘 달궈진 불판 위에서 튀는 콩처럼 뜀을 뛰며 춤을 추기 시작한다. 세상에, 작두날 위에서 춤을 추는 모습이 땅 위에서 춤을 추는 것보다 더 사뿐하고 가볍지 않은가. 사람들은 벌린 입을 닫을 줄 몰랐다. 나는 팔공산에 왜 왔는지도 잊어버린 채 그 광경에 넋을 놓고 말았다.

쟁쟁쟁쟁~~~. 어렸을 때 굿은 심심찮게 볼 수 있는 구경거리였다. 어둠이 사물을 지운 시각, 마을에 징 소리가 울려 퍼지는 날이면 어느 집에서 굿을 하는지 알아내어 구경을 가곤 했다. 주로 해가 진 후에 행하여지곤 했는데, 박수무당이 북과 징을 치면 색색으로 지은 고운 옷을 입은 무녀가 헝겊이 묶인 대나무를 잡고 굿마당을 통통 뛰었다.

한바탕 춤을 추고 난 무녀가 주위를 향해 크게 호통을 치면 가족들이 몸을 굽실거리며 잘못을 빌었다. 굿이 끝나면 사람들은 나누어 주는 음식을 먹고 집으로 돌아가곤 했다. 무속은 한갓 미신으로만 생각하던 터라 무녀가 작두날 위에서 춤을 추는 모습을 보고선 뭐가 뭔지 도저히 이해되지 않았다.

무녀는 정신없이 춤을 추었다. 나는 손과 귀가 아릴 정도로 추운 날씨도 잊어버린 채 무녀를 바라보았다. 그녀는 사람이지만 사람이 아니었다. 무슨 영험한 힘이 있기에 서슬 퍼런 칼날 위에서 피 한 방울 흘리지 않는단 말인가. 어떻게 저런 일이 일어날 수 있단 말인가. 무녀가 지푸라기를 칼날에 갖다 댈 때 가볍게 잘라지던 걸 분명히 확인하지 않았던가. 그런데 무녀의 맨발에선 선혈이 낭자하게 흘러내리지도, 또 가는 작두날 위에서 균형을 잃고 넘어지지도 않는다. 거짓말처럼 말짱하다. 이 상황을 어떻게 이해해야 한단 말인가.

정말 알 수 없는 또 다른 세계가 있어 무녀를 매개자로 삼아 세상일을 주관하는 초능력자가 존재한다는 말인가. 십수 년을 병마에 시달리다 돌아가신 아버지도 굿을 했다면 완쾌하여 지금도 살아 계실 수 있었을까. 그럴 수 있었을까. 무녀는 굿은 미신이 아니란 걸 증명하듯 멀쩡하고 그 보란 듯 자신감으로 더 의기양양하게 춤을 추고 있는 것 같았다.

시숙모님께서 집안의 윗대 어른 중에 한을 풀어 드려야 할 분이 계시니 굿을 해야 한다고 할 때도 건성으로 따랐다. 마땅찮았지만 시집온 지 얼마 되지도 않고 시댁 가풍에 대해 가타부타할 처지도 아니었으므로 시늉만 내기로 했다. 무지 추운 겨울날, 기백만 원의 돈을 들여 제법 거대한 굿을 준비했다. 아침 일찍, 팔공산 굿당에 도착하니 아직 시간이 되지 않아 마침 이웃 굿당에서 시작되던 작두춤을 구경하게 된 것이다.

한동안 넋이 나간 듯 춤을 추던 무녀가 멀쩡한 발로 내려와 둘러선 사람들을 향해 일갈을 한다. 그 모양이 마치 신이 피조물들을 향해 지시하는 것 같다. 지목을 당한 사람은 고개를 굽실거리며 무녀가 하라는 대로 순응한다. 조상신이 강림한 무녀는 살아있는 후손들을 좌지우지했다. 분명 여자인데 남자에 가까운 목소리로 한 무리의 사람들을 향해 손가락질을 하며 크게 꾸짖는다. 무녀의 꾸지람을 들은 사람들은 '아이고 맞습니다. 잘못했습니다.' 하며 고개를 굽실거린다.

넋을 놓고 있는데 우리 굿이 시작되니 빨리 오라고 한다. 작두춤은 끝이 났지만 어리벙벙한 마음은 정리가 되지 않았다. 굿당에 들어가니 남자 무당 한 명과 여자 무당 세 명이 음식을 그득히

차려 놓고 곧 굿을 시작하려 하고 있었다. 작두날 위에서 춤추는 것에 대해 묻자 그들도 속 시원한 답을 해 주지 않았다.

공기나 여러 종류의 가스는 눈에 보이지 않지만 실재한다. 많은 세월이 흐른 지금도 팔공산에서 보았던 그 불가사의한 순간을 또렷이 기억한다. 아직도 이해되지 않는 그 순간이 살아가는 데 영향을 미치진 않았지만 맨발의 춤을 떠올릴 때마다 세상에서 벌어지는 다양한 현상들에 대해, 옳고 그름에 대해 누가 자신 있게 말할 수 있을까라는 생각을 문득문득 하게 된다. 지금 인류가 가진 지식은 어마어마한 수준이다. 동시에 우주적 견지에서 보면 지극히 미미한 것에 불과할 뿐일 게다.

그대, 지금 그대로

베토벤의 교향곡 3번은 나폴레옹에게 바치려 했던 음악으로 널리 알려져 있다. 시민혁명을 겪으며 혼란스럽던 당시 프랑스 사회를 평정한 나폴레옹을 베토벤은 진정한 영웅으로 여겼던 것이다. 그러나 역사를 뒤로 돌리듯 혁명으로 수립한 통령의 자리에 오른 몇 년 후, 나폴레옹은 절대 권력의 상징인 황제 자리에 오른다. 이에 베토벤은 크게 실망하여 그에게 바치려던 마음을 접었다고 한다. 나폴레옹에게 바치려 했던 마음을 접은 후 교향곡 3번은 '어느 위대한 한 영웅을 위한 곡'이란 부제를 붙여 발표되었다. 베토벤은 나폴레옹을 어수선한 사회를 바로잡고 혁명에 걸었던 국민들의 이상을 실현시켜 줄 인물로 생각하고 있었던 모양이다. 그런데 시간이 흐르며 여느 위정자들처럼 결국 권력을 탐하는 속물에 지나지 않음을 알고 탄식했던 모양이다.

역사를 통해 확인할 수 있는 영웅들의 마지막 자리는 최고 권력이다. 대개가 최고 권력자가 되거나 최고 권력 근처에 현주소를 두고 있다가 자의로든 타의로든 불미스러운 사건에 연루되어 명예롭지 못한 결말을 맞는 것을 종종 볼 수 있다. 작가들, 교수들, 언론인들. 어지러운 시대에 제법 민중의 눈과 귀, 입이 되어 국민의 사랑을 받던 지식인들도 결국에는 권력이 있는 자리로 갔다. 개인적 욕심보다 국민의 뜻을 잘 받들겠다는 열정을 품고 기꺼이 한 몸 불사르겠다며 권력을 향해 발걸음을 내디뎠을 것이다. 누구보다 큰 이상을 품고 첫발을 내디뎠을 것이다. 그러나 출발과 달리 그 끝은 예나 지금이나 뻔하다.

정치 마당이 어디 호락호락한 자리인가. 국익과 정의를 먼저 내세우기보다, 무엇에도 흔들리지 않는 신념을 주장하기보다, 이쪽과 저쪽의 눈치를 보며 균형 맞추기, 적당한 눈높이로 당리당락을 저울질하며 어느 줄에 서야 하는지 살피기, 이런 것들이 소위 정치판의 속성이 아니던가. 국민을 위한다는 대쪽 같은 기개에 찬 열정만 가지고는 매력적으로 다가온 권력의 자리 보존을 하기가 힘들 터다. 그러니 어정쩡하게 시간이 흐르다 국민으로부터 받던 명망의 약발이 다 떨어지면 소리 소문 없이 밀려나는 운명의 수순을 밟는 것일 게다.

원했든 원하지 않았든 의식주에 대한 욕망처럼, 힘 하나 들이지 않고 손에 쥐어 주는 권력을 거부하기란 어려울 것이다. 하지만 막상 권력을 거머쥐게 되면 초심과 달리 또 다른 욕망이 얼굴을 들고 나타나 더 큰 권력을 좇으라고 하는지 유종의 미를 거두는 것을 좀처럼 볼 수 없다. 부모 자식 사이에도 나누지 않는 게 권력이라는 말도 있지만 권력에 대한 매력은 동서고금 전후좌우를 바라보지 않고 사람의 마음을 현혹시키는 모양이다.

도덕적적인 면과 · 인격적인 면에서 국민들의 사랑과 신망을 받는 고매한 인품을 가진 인물이 나타나면 제발 정치판에 가서 오염되지 말고 그야말로 국민의 희망이요 등불로 남아 주기를 바랄 때가 많다. 하지만 그런 바람은 오래가지 않는다. 유권자의 표를 얻어야 권력을 유지할 수 있는 정당들은 국민의 사랑을 받는 얼굴마담이 수시로 필요하다. 바른 소리 깨나 하며 인기와 사랑을 받았던 아나운서들도, 좋은 이미지로 안방극장을 통해 국민의 정서를 대변해 주던 탤런트들도 권력들이 내미는 달콤한 손을 절대 마다하지 않았다. 오히려 기다렸다는 듯 종종 줄을 서는 것을 보면 역시나 하고 한숨을 내쉬곤 한다.

요즘 국민들의 신뢰와 사랑과 인기를 적지 않게 받는 언론인이 있다. 그는 권력의 눈치를 보지 않고 잘못된 사회 구조를 예리한 시선으로 비판한다. 권력이 감추려는 추잡한 비리를 고발하는가

하면 그 이면을 가감 없이 파헤치고 보도하여 최고 권력자를 마침내 응징하는 선두적 역할도 하였다. 참된 언론이 살아 있는 사회는 병들지 않는다는 말을 증명하듯 그는 집요할 정도로 불의의 근원지를 파헤치고 그러고도 최고 권력의 눈치는 보지 않는다. 국내 최대 재벌가 총수의 성매매 동영상 사건이 밝혀져 세상이 깜짝 놀랐을 때, 주요 언론매체들은 국내 최대 재벌가라는 권력의 눈밖에 날까 봐 눈치를 보며 보도를 자제했다. 그러나 그때도 그는 언론의 중립성과 국민의 알 권리를 내세워 사주의 인척이기도한 재벌가 총수의 성매매 동영상을 내보내며 보도를 했다.

언제부턴가 공영방송은 권력의 나팔수가 되어 버렸고 사법부는 권력의 개가 되어 버렸다고들 한다. 도덕불감증이 각계각층으로 전염 되고 법을 준수하는 사람이 오히려 바보 취급을 받는 요지경 속에서 국민들은 희망을 가지지 못하고 작은 행복에 대한 기대마저 놓아 버렸다. 의욕을 상실한 시대의 한 모퉁이에서 그는 묵묵히 불의를 파헤치고 정의가 살아 있는 사회를 부르짖는다. 집요할 정도로 정의를 부르짖으며 불의를 파헤치는 그의 용기와 신념은 깜깜한 밤길을 헤매다 발견한 한줄기 불빛 같은 희망으로 다가온다. 그가 있어 행복한 국민들이 늘어나는 것 같다. 국민들이 궁금해하는 것, 간지러워 하는 곳, 아파하는 게 무엇인지 용기를 가지고 파헤치고 보도하며 함께 해결책을 간구하게 하는 그에게 박수를 보낸다.

그가 여느 지식인들처럼 권력의 부름에 답하지 않고 마지막까지 언론인으로 남아 있으면 정말 좋겠다. 언젠가 방송을 통해 자신은 정치에는 뜻이 없다고 하는 말을 들은 것 같기도 한데 부디 그렇게 되었으면 좋겠다. 하지만 화장실 오갈 때의 마음이 달라지는 게 사람이다. 어느 날 권력이 달콤한 손을 내밀면 그도 그 손을 덥석 잡을는지. 다른 사람의 야망과 행동을 말릴 수는 없다. 그래도 그만은 지금 그대로 진정한 언론인으로 남아 줬으면 하는 바람을 가져 본다. 지난한 시절에 인품의 매력을 아낌없이 느끼게 하는 그가 있어서 기쁘다.

그대에게 음악을

요즘 텔레비전에 가수 이효리가 심심찮게 나오고 있다. 몇 년 전, 결혼을 하고 제주로 간 뒤 방송에 잘 보이지 않더니 오랜만에 모습을 보인 것이다. 예능 프로그램에 나온 그녀는 어느덧 불혹에 가까운 나이에 닿아 있었고 노래가 아닌 요가를 하는 모습을 보여 주고 있었다. 요가는 그녀의 또 다른 매력으로 관심을 끌었는데, 까무잡잡한 피부와 긴 머리칼에 요가까지 하고 있으니 얼핏 인도의 수행자 같아 보이기도 했다.

그녀는 고난도의 요가 자세를 완벽하고 아름답게 해내었다. 그녀가 요가를 하는 모습을 보고 있으니 문득, 오래전에 그만둔 요가를 다시 하고 싶다는 생각이 들었다. 나도 5년 정도 요가를 한 적이 있기에 적지 않은 동작들을 알고 있다. 요가는 마음만 먹으면 언제 어디서든 할 수 있다. 저녁 뉴스를 보거나 드라마를 보면서 할 수 있는 동작들도 많다. 찬찬히 옛날에 배웠던 기억을 떠올려 보았다.

긴장과 이완을 반복하는 요가는 알다시피 명상을 함께하며 심신을 수양하는 운동이다. 운동을 하는 내내 호흡에 집중하여 가다듬고 신경을 써야 한다. 초보자들은 조용한 음악을 틀어 놓고 하면 호흡하는 데 도움이 된다. 요즘은 음악을 구입하는 것도 쉽다. 옛날처럼 레코드가게에 가지 않아도 음악을 내려받을 수 있는 사이트가 많아 어디서든 손쉽게 원하는 음악을 구할 수 있다. 검색어에 원하는 음악 종류를 치면 '저 여기 있어요.' 하듯 검색어에 속하는 종류의 음악들이 수두룩하게 나타난다. 게다가 미리듣기 기능이 있으니 들어 보고 마음에 드는 음악만 고르면 된다. 마음먹은 김에 요가음악과 명상음악을 넉넉하게 내려받아 핸드폰에 저장하고 재생 버튼을 눌렀다. 조용하면서도 평화롭고 감미로운 음악이 흘러나왔다. 일상의 무게에 눌려 굳어져 버린 가슴과 몸이 스르르 풀리는 느낌이 물밀어 왔다. 그러고 보니 참 오랜만에 빠른 박자가 아닌 평안한 종류의 음악을 듣는 것 같았다.

잠시 눈을 감고 음악이 하라는 대로 마음을 내맡긴다. 가슴이 풀렸으니 머리끝에서 발끝까지 이완도 시켜 본다. 생각나는 요가 동작을 떠올리며 시작해 본다. 오랜 시간이 지났으나 기억 속에 잘

보관되어 있던 동작들이 하나하나 되살아난다. 몸을 움직여 그 동작을 따라 해 본다. 한동안 사용하지 않던 근육들을 움직이다 보니 매끄럽지가 않았지만 그럼에도 조금 움직이니 몸이 한결 가볍고 개운해지는 듯하다. 마지막으로 명상음악을 틀고 한동안 호흡을 고르고 마무리한다. 사람이 궁극적으로 닿아야 하는 지점은 선善이라 생각한다. 아름다운 음악이나 모든 예술이 추구하는 가치 또한 선이 아닐까. 그런 예술은 명상과 함께 육안에는 보이지 않는 커다란 선을 향해 나아가는 길을 만들어 내고 또 보여 준다.

청년 시절에는 시인이 아니더라도 누구든지 예술적 감성이 심신에 가득 찬다. 자연스레 달달한 음악과 문장을 접하고 싶고 아름다운 그림을 가까이하려는 욕구가 생긴다. 하지만 그 시절은, 소나기 그친 뒤에 잠깐 모습을 보이다 사라지는 무지개처럼 너무도 빨리 지나가 버린다. 그리고 그 기억마저도 순식간에 사라져 버린다. 잠깐 사이 삶 자체가 예술이었던 그 시절에서 벗어나 직장과 가정, 돈과 승부욕에 눈을 뜨고 눈을 감는 팍팍한 사람이 되어 버린다.

현대 사회는 구조적으로 원하든 원하지 않든 개개인에게 긴장을 풀 틈조차 주지 않는 고도의 경쟁을 강요한다. 그에 따른 감성의 사막화는 물 흐르듯이 오고 가야 하는 인정의 물길을 막고 경쟁에 처진 사람은 깊은 구렁에서 좌절하게 만들어 버린다. 그 폐해는 끊임없는 강력 사건과 같은 형태로 나타나기도 한다. 오늘날과 같은 메마른 사회일수록 예술이 가진 정서 순화와 이완의 기능은 확대되어야 할 것이다. 그러나 물질이 인성을 앞서려는 사회에서 경제적 가치와 연결되지 않는 예술은 그와는 반대로 오히려 맨 뒷자리로 밀려나기만 하는 게 현실이다. 그래도 세상을 떠받치고 있는 거대한 반석은 선이라 믿고 싶다. 선으로 가는 길을 품고 있는 예술과 명상 가운데 시공간의 제약을 거의 받지 않고 접할 수 있는 게 음악이다.

요즘 사람들은 예전처럼 책을 많이 읽지 않는다고 한다. 산업과 사회 경제적 구조가 자초한 면도 있기에 책을 멀리한다고 탓하기도 힘든 현실이다. 그렇다고 가파른 낭떠러지를 향해 내달리듯 피폐해지는 감성을 대책 없이 내버려 둘 수는 없지 않은가. 책을 읽거나 그림을 보는 등 감성적 활동을 할 여가가 없다면 집에서 잠시 쉴 때나 운전을 할 때라도 평안한 음악을 들으며 지친 몸과 마음을 토닥여 보는 것은 어떨까. 아름다운 음악을 들으며 온몸의 세포가 찌르르한 것을 느끼면 그 자체가 바로 선을 체험하는 순간이 아니겠는가. 오늘 그대에게 〈Like wind〉라는 아름다운 음악 한 곡 추천하고 싶다.

D

D. 햇빛 비타민 D가 부족하단다. D가 부족하면 알다시피 골다공증과 관절염이 올 수 있으니 신경을 써야 한단다. 평소 일부러라도 햇빛 쪽을 향해 걷기도 하는데 왜 부족한지 모를 노릇이다. 똑똑. 몸속에 신호를 보내 물어볼 수도 없으니 햇빛을 더 많이 쬐든지 먹는 비타민으로 보충을 하든지 해야 할 처지에 놓였다. 다행히 운동이라면 중독이 되었다 할 정도로 좋아하니 운동으로 보충 하면 될 것 같다. 햇빛 아래서 달리기를 하면 비타민 D만 얻는 게 아니다. 땀을 흘리면서 몸속 노폐물도 내보내고 덤으로 불필요한 지방도 연소시킨다. 건강에도 도움이 되니 달리기야말로 일석다조다.

이 고장의 해안 산책로는 단아하면서 무척 아름답다. 동쪽으로 다대포를 끼고 서로는 가덕도가 보이는 길에 남쪽에는 대마등, 남서쪽에는 진우도도 보인다. 갈매기 나는 물 위의 고기잡이배, 가덕도 쪽은 산으로 둘러져 바다지만 휑하지도 않고 커다란 배를 본떠 만들어진 등대는 다정을 더한다. 이 얼마나 상쾌하게 운동할 수 있는 환경인가. 그러나 아직, 아직이다. 바다를 낀 겨울에 맨살을 내놓고 운동하기란 어렵다. 햇살이 따사로워지기를 기다릴 수밖에.

햇빛을 받고 비타민 D가 생성되는 시간에 대해서는 의사마다 의견이 다르다. 어떤 의사는 팔다리를 내놓고 20분 이상 걸으면 충분하다 하는가 하면, 어떤 의사는 허벅지와 온 팔을 다 내놓고 40분 이상은 족히 햇빛을 쬐어야 충분하다고도 한다. 후자를 따르기로 한다.

땅 위로 연둣물을 머금은 새순이 고개를 내밀고 매화며 벚꽃, 유채가 봉오리를 열고 물감을 쏟아내는 봄이 되면 바람을 가르고 달리자. 그런데 문제가 있다. 이 나이에 허벅지와 팔뚝을 다 내놓고 적지 않은 사람들이 있는 곳을 달린다는 게 어려움이다. 용기가 쉽게 나지 않는다. 그래도 뛰어야겠다. 불온한 의도를 품은 것도 아니고 그렇다고 남에게 직접적 해를 끼치는 것도 아니니 눈 질끈 감기로 하자.

마라톤은 몰라도 적당한 조깅은 평소에도 자신이 있다. 결심을 행동으로 옮길 계획을 하니 벌써부터 마음이 설렌다. 먼저 허벅지와 팔뚝이 다 드러나는 운동복을 구입하기로 했다. 이왕이면 디자인도 예쁘고 색깔도 좀 있는 것으로 구입하기로 마음먹었다. 보기 좋은 떡이 맛도 있다고. 더불어 삶의 활력도 팡팡 생길 것 같은 멋진 것으로 말이다. 거기에 더하여 야구 모자를 쓰고 해안가를 뛰는 모습을 상상하니 지금 당장 뛰어나가고 싶다. 늙수레한 여자가 핫팬츠 같은 짧고도 짧은 운동바지를 고르는 것을 좀 어리둥절해하던 매장 직원은 사정 이야기를 듣고서야 수긍이 간다는 눈치다.

옷도 준비되었고 운동화야 항상 준비되어 있는 것이니 이제 날이 조금만 더 따뜻해지기를 기다리기만 하면 된다. 영화 《록키》에서 실베스터 스탤론이 해변가를 멋지게 달리던 장면이 떠오른다. 그렇게 힘차게 달리지는 못하겠지만 나름 멋지게 해안 산책로를 달려야지. 산책로의 길이는 3.3킬로미터다. 내 조깅 한계가 90분에 14킬로미터이니 왕복 세 번 정도 달리면 될 것 같다. 헉, 그런데 그 짧은 운동복을 입고 아파트 엘리베이터를 어떻게 타고 내려가지. 또 하나의 어려움이다.

젊은 여자라면 봐주기라도 하겠지만 젊지도 늙지도 않은 여자가 한여름도 아닌데 허벅지와 팔뚝을 다 내놓고 문밖을 나서는 것을 보면 이웃들이 뭐라고 하겠는가. 주제에, 지가 뭐 연예인이나 되나, 이웃은 생각 안 하나, 이 아파트가 저 혼자 사는 데인 줄 아나, 보는 눈이 몇 갠데, 쑥덕쑥덕 이러쿵저러쿵. 도저히 뾰족한 방법이 떠오르지 않는다. 그러고 보면 사람살이에는 일반 상식으로 이해 안 되는 상황도 많이 있을 법하다. 나 같은 사연 가진 사람이 있어 저간의 사정을 모르고 그 사람을 먼저 보았다면 나 역시 일반적 잣대의 눈으로 바라보며 눈꼴 시려 했겠지. 이제부터라도 일반적 시각에서 벗어난, 유별난 행위를 하는 이를 행여 만나더라도 '무슨 사연 있겠지' 하는 도수 높은 이해의 안경을 끼고 보아야겠다는 다짐을 한다.

이리저리 머리를 굴리다 덧바지를 껴입고 위에는 점퍼를 걸치고 엘리베이터를 타고 가기로 해 본다. 그렇게 하자면 해안가에 도착하여 덧옷을 벗고 또 벗어 둔 옷을 놓아두어야 하기에 번거롭지만 차를 가지고 가기로 한다. 훌쩍 몸만 가는 것에 비하면 귀찮기도 하지만 도리가 없다.

비타민 D가 부족한 나의 몸이여, 조금만 기다려다오. 곧 봄이 온다.

출발

창밖으로 보이는 대기의 기운이 나날이 다르다. 색깔이 그대로고 장소가 똑같은데도 뭔가 달라지는 게 보인다. 눈에 보이는 게 다가 아니라지만 실로 봄도 보이는 게 다가 아니다. 꽃 말고, 풀 말고, 색깔도 말고, 언어 아닌 언어 곧 느낌의 언어로 번져 오는 저 말로 표현 안 되는 대기의 표정을 보라. 두말이 필요 없는 봄봄 봄이다. 달리기를 하기 위하여 봄이 오기를 얼마나 기다리고 기다렸던가. 고맙다.

마침 날씨도 끝내준다. 바람도 봄 박자에 맞추느라 살랑살랑 불고 있으니 해안가 산책로에도 봄빛이 가득할 것이다. 이런 날 밖으로 나가지 않으면 봄에게, 날씨에게 무례를 범하는 것이며 생명 있는 것들에 철철이 베풀어 주는 신에게도 불손한 것이다. 이미 준비해 둔 운동복을 꺼낸다. 후후. 핫팬츠처럼 짧은 바지라니. 이런 바지를 입어 볼 줄이야. 지금까지 살아오면서 한 번도 입어 본 적 없는 짧은 바지다. 내 용기로는 어림도 턱도, 아니 아무것도 없다. 고마운 햇빛 비타민 D 덕분이다. 죽기 전에 이 나이에 이런 핫한 의상을 입어 보다니. 남이야 손가락질을 하든 뭐라고 하든 생의 작은 쇼킹이다.

이제 대망의 출전식만 남았다. 나와 가족 외의 사람을 만나는 첫 번째 공간. 엘리베이터를 타러 나가야 한다. 이런 쇼킹한 복장으로 과연 쳐다보는 눈들이 많은 문밖으로 나갈 수 있을까. 애초에는 덧옷을 입고 나가기로 했으나 그냥 나가기로 했다. 무슨 큰 전장에 가는 것도 아니고 나라와 이웃을 위한답시고 헌법과 법률에 위배되는 사회 운동을 하러 나가는 것도 아닌데 이렇게 긴장이 되다니. 하긴 클레오파트라의 코가 조금 낮았으면 세계사가 바뀌었을 거라는 말도 있듯 인생이라는 게 별거 아닌 데서 웃기도 하고 울기도 하지 않는가. 자식이 건네는 정성 담긴 작은 선물 하나에 코가 찡해지기도 하고 툭 던진 의미 없는 말 한마디에 가슴에 못을 박기도 하니 의미를 두면 내 개인사에서는 꽤 의미 있는 사건의 시작점이 되는 순간임이 분명하다.

정글 숲을 지나서 가자
엉금엉금 기어서 가자
늪지대가 나타나면은
악어 떼가 나올라

유치원 아이들의 동요에 나오는 주인공처럼 비장한 각오로 현관문을 살며시 연다. 다시 한 번 야구 모자 챙을 눈 아래쪽으로 잡아당긴다. 흡사 스캔들에 휘말린 여자 연예인이 누가 알아볼세라 하고 나다니는 모양새다. 사회적 관습이란 게 얼마나 큰 테두리인지 실감되고 인간이 사회적 동물이라는 것을 확실히 인지하는 순간이다. 엘리베이터가 있는 위치 표시 번호가 지하 1층이다. 재빨리 호출 버튼을 누르고 제발 아무도 타지 않기를 바라고 바란다.

엘리베이터가 올라와 멈추었다. 더 이상 올라가지 않고 내가 누른 층에서 멈추었다는 것은 안에 다른 사람이 타고 있지 않다는 게다. 심호흡을 크게 하고 문이 열리기를 기다린다. 순간, 심장이 멎는다. 문이 열렸다. 야호! 아이들처럼 두 주먹을 불끈 쥐고 속으로 환호를 지른다. 아무도 없다. 출발이 순탄하다. 느낌이 좋다. 내릴 때까지 아무도 타지 않기를. 공동현관을 향해 내려가면서도 누가 타는 것은 아닐까 조마조마하다. 신은 존재했다. 그것도 아주 가까이. 내 갈망과 열망을 알아차린 듯 아무도 타지 않았으니 기꺼이 신에게 감사한다. 신은 이렇듯 소소한 것에서 자신의 모습을 나타내고 있는데 사람들이 알아보지 못하는 것인지도 모르겠다. 지나친 확대해석이라고 해도 상관없다.

처음이 중요하다 했는데 첫 관문을 통과하는 출발이 좋다. 첫 단추를 잘 채우면 마무리도 매끈할 게다. 시작이 좋았으니 남은 것은 탄탄대로 달리기만 하는 되는 것이다. 잠시 후 나는 이 세상에 존재하지 않을 것이다. 나는 엑서사이즈 하이(러너스 하이)에 가 있을 것이다.

엑서사이즈 하이

달려라 달려라
달려라 하니

오래전 인기를 끌었던 만화 《달려라 하니》. 만화 속 주인공 하니는 어릴 때 돌아가신 엄마가 보고 싶을 때마다 달린다. 세상에 대한 분노가 치밀 때도 달리고 슬플 때도 달리기를 한다. 처음에 단거리 선수로 시작한 하니는 예상치 않은 부상을 입은 후, 종목을 바꿔 장거리 선수가 된다. 부상과 누구보다 견디기 힘든 환경 속에서 결국 육상 선수로 성공하는 하니. 하니에게 달리기란 힘든 것들을 이겨 낼 수 있게 해 준 원동력이었다.

요즘 들어 달리기를 하는 사람들이 많아졌다. 다르게 말하면 마음이 편안치 못한 사람들이 많다는 걸까. 마라톤을 즐기는 사람들도 많다. 기대수명이 늘어나고 건강에 대한 관심이 높은 까닭이기도 하겠지만 무엇보다도 달리면서 느끼는 희열 때문일 것이다. 42.195킬로미터를 두 다리로 완주하는 사람들. 마라톤을 하는 사람들을 보면 한없이 부럽다. 어떻게 두 다리로 그 먼 거리를 수 시간 만에 달릴 수 있단 말인가. 마라토너들은 일반인보다 좀 강인한 심폐력을 타고나는 것인지, 오매불망인 마라톤이 나에게는 언제나 불가능한 영역이다. 오래전에는 마라톤은커녕 십 분만이라도 뛰어 볼 수 있다면 얼마나 좋을까라는 생각을 했던 적도 있다. 그마저도 몸이 따라 주지 않아 생각으로 그칠 뿐이던 시절이었다.

헬스장에 가도 뛰는 사람들을 많이 본다. 러닝머신 위에서 수십 분을 거뜬히 뛰는 사람들. 그들도 부러웠다. 나도 뛰고 싶었다. 그러나 나는 오 분도 채 뛰지 못했다. 타고난 체력 때문인지 단련이 안 되어서 그런지 조금만 뛰면 심장이 뛰고 숨이 차오르는 것이었다. 하지만 오기가 생겼다. 다른 사람이 뛴다면 나도 뛸 수 있을 것이다. 천 리 길도 한 걸음부터, 티끌 모아 태산이랬다. 일 분, 이 분, 오 분, 십 분. 이런 식으로 하루하루 달리기 연습을 했다. 처음에는 심장이 터질 것 같았으나 시간이 지나면서 제법 뛸 수 있게 되었고 지금은 한 시간은 쉽게 뛴다. 그렇게 뛰고 나면 온몸이 땀으로 젖고 기분은 말할 수 없이 상쾌하다. 그래서 달리고 달려도 또 달린다.

운동을 하는 사람들은 어느 지점에 이르면 고도의 쾌감을 느낀다고 한다. 아는 사람은 알겠지만 인체에 일정한 강도의 스트레스를 가하면 뇌가 베타 엔도르핀이라는 호르몬을 분비하는데, 그때 강렬한 희열의 순간, 엑서사이즈 하이(달리기를 하면서 느낄 때는 러너스 하이라고 함)를 느낀다는 것이다. 베타 엔도르핀의 효과는 강력한 마약을 투여했을 때 느끼는 쾌감과 거의 맞먹는다고 한다. 마약을 해 보지 않아 마약했을 때의 기분은 모르지만 나는 아직 그런 강렬한 희열은 느껴 보지 못한 듯하다. 그러나 땀 흘려 운동을 하고 나면 온몸이 상쾌하고 날아갈 듯한 기분이 드는 것은 사실이다. 때로는 꽤가 생겨 운동을 하기 싫은 날도 있지만 운동을 마치고 난 뒤의 상쾌함을 생각하면 주섬주섬 준비를 하여 헬스장으로 향하게 된다.

꼭 엑서사이즈 하이를 느끼기 위해서만 운동을 하는 것은 아니다. 운동을 하게 되면 기분도 기분이지만 땀을 흘릴 때 몸속에 쌓인 노폐물들이 배출되고 불수의근인 오장육부도 출렁거리게 하여 소화를 잘되게 한다. 그러니 변비도 없을 뿐 아니라 비만도 예방할 수 있어 일석다조다. 고감도의 엑서사이즈 하이를 아직 느껴 보지는 않았지만 운동으로 매일 상쾌함을 얻을 수 있으니 이미 엑서사이즈 하이를 체험하고 있는 것과 진배없다. 나는 여태 변비로 고생해 본 적이 없다. 변비 때문에 고통받는 사람들을 보면 안타까운 생각이 들 때가 많다. 굳이 약을 복용하지 않더라도 생활하는 사이사이 내장이 출렁거릴 만큼의 운동을 하면 변비 같은 것은 없을 것이라 생각한다.

내 생에서 가장 잘한 것 중 하나가 운동이다. 올해로 운동을 한 지도 어언 십팔 년으로 접어든다. 운동을 하지 않았다면 아마도 체력이나 체형에서 지금과는 좀 동떨어진 모습을 하고 살아가고 있지 싶다. 이러나저러나 운동은 자신의 체력에 맞게만 하면 누구에게나 좋은 결과를 안겨 준다. 시간이 없어서, 돈이 없어서, 이유 없는 사람은 없다. 그러나 시간이 없으면 생활하는 짬짬이 틈새 시간을 포착하여 해도 되고, 금전적으로 부담이 된다면 지자체에서 운영하는 체육관을 이용하면 그리 큰 비용을 들이지 않고 할 수 있다. 지역민을 위해 아주 저렴한 가격으로 운영하는 시설 좋은 체육관이 웬만한 지역마다 있으니 문제는 마음이 있고 없고에 달렸다. 내가 낸 세금으로 운영하는 것이니 십분 활용하여 몸이 건강해지면 그 또한 애국이라 할 수 있다. 국가 구성원인 개개인이 건강하면 사회도 건강할 것이니 어찌 애국이 아니겠는가.

이제 날씨도 활동하기 좋은 봄이다. 살랑살랑 부는 봄바람을 망토처럼 거느리고 햇빛 다사로운 해안가 산책로를 달리기에 더없이 좋은 계절이다. 살면서 고통과 슬픔에 부대끼는 날들이 행복한 날보다 많지 싶다. 그러나 어떤 자세로 받아들이느냐에 따라 고통과 슬픔의 부피도 조금은 늘어나기도 줄어들기도 하지 싶다. 피할 수 없다면 밀어낸다고 어디 해결이 되던가. 집 평수만 넓히려고 할 게 아니라 마음과 가슴의 평수도 조금씩 넓혀 덜 답답하게 사는 게 현명한 것이다. 운동을 하는 것도 그 방법 중 하나다. 땀 흘려 건강을 북돋우고 상쾌한 기분으로 삶을 바라보는 순간이 기다리고 있다.

조디 포스터처럼

영화 《양들의 침묵》에는 초보 FBI 요원인 여주인공 스탈링 역으로 조디 포스터가 출연한다. 조디 포스터는 조각적인 외모에 냉철하고 이지적인 미모를 가지고 있는데 나는 《양들의 침묵》을 통해서 그녀를 알게 되었다. 영화 한 편으로 그녀의 매력에 압도 되어 나는 그때부터 그녀를 좋아하기 시작했다. 조디 포스터는 극성팬이 자신을 만나 주지 않는 데 앙심을 품고 레이건 대통령에게 총을 쏜 사건으로도 잘 알려져 있다.

그녀는 스릴러 영화인 《양들의 침묵》에서 변태 사이코 연쇄 살인범을 잡기 위해 감옥에 갇혀 있는 한니발을 만나 살인마에 대한 정보를 얻는 역할을 맡는다. 안소니 홉킨스가 분장한 한니발은 정신과 의사로 식인 살인마다. 그는 위험인물로 철저하게 감시를 받으며 자물쇠가 꽁꽁 잠긴 감옥에 갇혀 있다. 그럼에도 불구하고 그가 내뿜는 괴기스런 기운에 그를 대면하는 수사요원들은 두려움을 느낀다. 스탈링 역시 한니발을 만나러 가면서 두려움에 떠는데 두려움을 가득 담은 눈빛 연기가 보는 이로 하여금 숨을 죽이게 하고 공포 속으로 몰아넣는 데 가히 압권이었다. 두려움에 떨면서도 냉철한 심리전을 아슬아슬하게 펼쳐 가며 마침내 단서를 얻고 살인범을 찾아내는 스탈링. 그녀의 입체적인 눈, 코, 입과 다부진 표정은 스탈링 역으로 적격이었다.

그러나 내 기억 속에 오랫동안 남아 있는 장면은 영화의 줄거리보다도 조디 포스터가 조깅하던 장면이다. 물론 영화도 재미있었으나 도입부에 나오는 조디 포스터의 조깅 장면은 정말 멋있어 잊어지지 않는다. 그녀가 운동복 차림으로 멋지게 달리던 모습에서 여자에게도 적당한 근육은 멋지다는 것을 알았다. 조각적이고 멋진 몸매의 젊은 여자가 운동복을 입고 뛰는 모습은 건강하고도 신선한 아름다움이었다. 큰 키에 쭉 뻗은 다리. 적당하게 가꾸어진 근육, 예쁜 얼굴과 멋진 몸매도 몸매였지만 단단한 몸으로 보여주는 근육의 움직임은 보는 이도 덩달아 건강해지는 느낌이 들게 했다.

달리기를 한다고 모두 조디 포스터처럼 매력적으로 보이지는 않는다. 얼굴도 키도 다를뿐더러 몸매와 성품을 나타내는 표정

또한 다르고 체형과 달리는 모양도 다르기 때문이다. 하지만 기분만은 조디 포스터가 달리는 것처럼 달릴 수 있다. 물론 남자라면 《록키》에서 실베스터 스탤론이 해변을 달리는 것처럼 달릴 수도 있을 게다. 아름다움을 갈망하는 것은 동서고금 남녀노소가 다르지 않다. 아무려나 이왕이면 다홍치마, 보기 좋은 떡이 맛도 좋다하듯 아름답고 보기 좋아 나쁠 거야 없다.

모든 면에서 그녀와 다르지만 달릴 때의 기분만큼은 나 역시 그녀가 달리는 것처럼 달릴 수 있다. 달릴 때는 무엇보다 자세가 중요하다. 허리를 곧추세워 가슴은 활짝 벌리고 고개를 든 후 시선은 멀리를 바라보되 약간만 아래쪽을 향한다. 그렇게 달리기를 시작하면 발뒤꿈치가 먼저 지면에 닿을 것 같지만 실은 발의 전면이 동시에 닿거나 오히려 발가락 쪽이 먼저 닿는다고 한다. 내 경우에도 그렇다. 분명히 뒤꿈치가 먼저 닿게 달리는 것 같은데 전문가들의 이야기에 의하면 대개가 발가락이 먼저 지면에 닿는다고 한다. 달리는 나의 모습을 관찰해 볼 수는 없지만 역시 예외는 아니라 생각된다.

바른 자세로 조디 포스터의 멋진 모습을 상상하며 달려 보라. 평소 느끼지 못하던 내 몸 곳곳의 소리들을 들을 수 있다. 다리 근육의 움직임이며 장기들의 요동이며 땀으로 화답하는 세포들의 합창을 들을 수 있다. 약으로 다이어트를 생각하는 사람, 굶어서 살을 빼려고 하는 사람들에게도 달리기와 헬스 같은 운동을 권하고 싶다. 약이나 굶어서 하는 다이어트는 초기에는 효과가 있는 것 같지만 시간이 지나면 다시 원상태로 되돌아가거나 더 안 좋은 상황을 초래한다고 한다. 처음에는 지루하고 하기 힘들지만 습관을 들이면 평생 할 수 있는 건강한 방법이 달리기와 헬스다. 운동은 노력한 만큼 몸으로 보답한다. 물론 전문 트레이너들처럼 미끈한 몸매는 안 되지만 꾸준히 노력하면 적어도 적당한 건강과 몸매는 유지시켜 준다. 그대 몸이 무겁거나 삶이 답답하다면 함께 조디 포스터처럼 달려 보실 생각은 없는지.

오늘도 조디 포스터가 달리던 멋진 모습을 머릿속에 그리며 바닷가 산책로를 달린다. 마음 같아선 자주 나와 달리고 싶지만 고작해야 한 달에 두세 번이다. 사실 운동을 좋아하지만 혼자 달리는 것은 즐거우면서도 지루하다. 그러다 보니 자연 헬스장에서 운동하는 쪽을 택하고 또 다른 볼일이 생기기라도 하면 차일피일하게 된다. 아무래도 여러 사람이 함께 운동하는 데 익숙해진 것 같다. 그래도 이 나이에 이렇게 달리는 게 어딘가. 그것도 꾸준히. 그것도 마치 아름다운 미녀 조디 포스터가 된 것처럼 말이다.

염소와 소녀

part 2

접속, 햇빛

바닷가 산책로에는 벌써 운동을 하는 사람이 많이 보인다. 그렇다. 운동이 아무리 좋다 하여도 혼자 하는 것은 흥이 반감이다. 사람이 관계의 그물망을 벗어나 살아가기란 어려운 것이다. 비록 알지 못하는 사람일지라도 서로 보이고 보여 주면서 우주적 견지에서는 공분모를 가진 존재자들로서 무언의 소통을 하는 것이다. 동남쪽으로 다대포가 보이고 또 다른 쪽엔 대마등과 가덕도가 보이고 물 위에는 아름다운 자태의 고니도 보이지만 그 속에 사람이 없다면 얼마나 쓸쓸하겠는가. 알든 모르든 우리는 언제나 타인과 함께 시간을 지나가는 것이다. 타인 때문에 속상하고 마음 아파할 때도 있지만 타인은 또한 내 존재를 확인시켜 주는 존재이기도 하다.

먼저 팔다리를 가볍게 흔들어 몸을 푼다. 그다음 무릎과 발목, 손목 순으로 긴장을 풀고 준비운동을 끝낸 후 드디어 달리기를 시작한다. 처음에는 호흡이 다소 어렵지만 조금 달리다 보면 호흡도 리듬을 맞추기 시작한다. 그때부터는 일정한 호흡으로 달리기만 하면 된다. 처음 달리기를 시작했을 때는 코로 흐흐 하고 들이마신 뒤 입으로 후후 하고 내뱉으며 리듬을 맞춘다. 그러나 꾸준히 달리다 보면 자연스럽게 호흡의 리듬을 터득하게 된다.

맞은편에서 일면식도 없는 사람 몇몇이 다가온다. 짧은 바지 때문에 신경이 쓰인다. 집을 나서면서 그토록 용기를 내어 마음을 다잡았는데도 역시 남의 눈이 무섭기는 무서운가 보다. 저이들이 옷차림을 보고 뭐라 하지나 않을까. '젊지도 않은 아줌마가 별꼴이야.' 하고 흉을 보는 것은 아닐지 신경이 쓰인다. 야구 모자를 써서 얼굴을 그나마 가렸으니 다행이라 생각하며 애써 아무렇지도 않은 듯 달린다. 자전거를 타고 달리는 사람. 노부부 간에 천천히 산보를 하는 사람. 강아지를 벗 삼아 함께 걷는 사람. 아가와 함께 천천히 걷는 젊은 엄마. 이어폰을 귀에 꽂고 음악을 들으며 걷는 사람. 각자 자신의 타입으로 운동을 하고 있고 아침 바다는 이런 풍경을 보느라 부산하다.

십 분쯤 달리다 보니 몸에서 열이 나기 시작한다. 목쯤에서 시작한 땀이 몽글몽글 솟는다. 이쯤 되면 이제 다른 이는 별로 신경이 쓰이지 않는다. 오로지 내 페이스로 달리기만 하면 된다. 하단 쪽 하늘에서 서서히 솟아오르는 태양이 만상 위에 골고루 빛을 펼친다. 그 태양빛을 온몸으로 가르며 달리는 기분이라니. 가림 없이 드러난 나의 맨살들아, 허공의 태양빛을 마음껏 흡입하여라. 비타민 D가 빠져나간 몸속 빈 곳간을 하루 빨리 채워라. 세상에 하고많은 게 햇빛 아닌가. 그 햇빛 속에 지천인 영양분이 결핍이라니. 내 몸은 내가 지킨다.

첫날이라 몸이 제대로 적응이 안 되어서일까, 3.3킬로미터인 바닷가 산책로를 두 바퀴 돌고 나니 다리가 제법 무겁다. 제자리에 서서 다리도 풀고 몸도 푼다. 팔도 흔들고 허리도 원을 그리며 돌리고 고개도 좌우로 돌려 마무리 운동을 한다. 한결 개운하다. 땅 위를 달리는 것과 러닝머신 위에서 달리는 것은 조금 느낌이 다르다. 사람마다 다르게 느끼겠지만 내 경우는 러닝머신 위에서 달리는 게 아무래도 조금 편하다. 달릴 때 기계가 스스로 움직이니까 평지에서 달리거나 걸을 때보다는 조금 쉽게 느껴진다. 그러나 평지에서도 곧 적응이 될 것이다. 옷은 땀으로 젖었으나 기분은 최고다. 바로 이 기분이다. 이 기분이 달리기를 멈출 수 없게 하는 것이다. 끊임없이 마라톤에 도전하는 마라토너들도 마찬가지지 싶다.

집으로 돌아올 때는 복장에 대해 그리 걱정하지 않아도 되었다.

땀이 젖은 모습을 보면 조깅을 하고 온다는 것쯤이야 말 안 해도 알 수 있기 때문이다. 운동하고 오는 사람보고 뭐라 하겠는가. 물론 달리고 난 뒤의 최상의 컨디션이 간을 붓게(?) 하여 만용에 감염됐기 때문이기도 하다. 아무튼 운동하고 오는 사람이 옷 좀 짧게 입었다고 시비야 걸려고. 그러나 역시 막상 맞닥뜨리면 어쩌나 걱정이 되었다. 다행히 나올 때처럼 엘리베이터에는 아무도 없었다. 하긴 우리가 사는 아파트는 최고층이 14층이라 사람이 몰리는 출퇴근 시간만 피하면 엘리베이터에서 이웃과 마주치는 경우는 극히 드물기도 하다.

이제 빈자리가 많은 몸속 비타민 D의 곳간이 서서히 채워지기를 기다리면 된다. 물론 하루 이틀 가지고는 어림도 없을 것이다. 그러나 한 방울, 한 방울 떨어진 물방울이 마침내 바위를 뚫듯 머지않아 비타민 D의 곳간도 넉넉해지리라 생각한다. 현대를 살아가는 사람들 대부분은 여러 가지 이유로 햇빛을 맨살로 대하기가 쉽지 않다. 오랜만에 맨살로 접속하는 햇빛과 대기. 달린 만큼, 땀 흘린 만큼, 햇빛이 만지고 간 시간만큼 몸속 빈 곳간이 채워질 것이다. 다시 채워질 비타민 D를 위하여 앞으로도 햇빛 접속은 계속된다.

염소와 소녀

그날 그 집에서는 염소를 잡았다. 염소를 잡지 않았다면 그 일은 일어나지 않았을 것이다. 아니, 그 집에 염소가 없었더라도 그런 일은 일어나지 않았을 것이다. 작은방, 격자무늬 여닫이문을 열면 바로 아래쪽에 가마솥은 늘 걸려 있었다. 우람한 위세로, 마치 거기가 오래전부터 제자리인 듯 미동도 하지 않고 정물처럼 놓여 있었다. 그러다 겨울이 되면 소여물이나 식구들의 몸을 씻는 물을 힘찬 기세로 펄펄 데워 냈다. 추수를 끝내고 탈곡한 뒤의 볏짚과 콩깍지를 섞어서 끓인 소여물은 가마솥에서 푹 삶기어 한 해 동안 힘든 노동을 견딘 소의 원기를 돋우었고 펄펄 끓여진 뜨거운 물은 꾀죄죄한 손과 발에 낀 시커먼 때를 벗기는 데 단단히 한몫했다.

대략 사십여 년 전, 그날 그 집에서는 염소를 잡았다. 농경사회의 사람들에게 육식의 공급원은 대개 집에서 기르는 가금류였다. 삼복이 들어 있는 여름철에는 보통 개를 잡고 겨울에는 염소를 잡아 단백질을 섭취했다. 성질 난폭한 바람이 나무들을 후려갈기고 유순한 냇가의 심장이 얼어붙던 그 추웠던 겨울, 그 집에서는 염소를 잡아 겨울 보양을 하려 했던 게다. 전자음이 없던 농경사회에서 가축을 잡는 날은 온 마을에 들불 번지듯 소문이 돌고 희생이 되는 가축은 사람들의 구경거리가 되었다. 먹을거리가 늘 부족하던 그때, 누구네 집에서 개나 염소를 잡는다는 소식은 부러움을 불러일으키며 마을을 돌아다녔다.

그 겨울, 그 집에서 염소를 잡는다는 소문은 추운 날씨에 불을 잔뜩 머금은 붉은 장작처럼 사람들의 입에 오르내렸다. 먹을거리가 부족했던 때였으니 먹을거리가 소재로 된 이야기에도 마음이 부푸는 것이었다. 누군가가 염소의 숨통을 까만 털처럼 끊어 놓으면 곧 뜨거운 물에 담가 털을 벗길 것이다. 정해진 도축장이 없으니 가축을 도축하고 마무리 작업을 하는 것도 가정에서 해야 하던 때다. 염소를 잡았으니 작은방 여닫이문 아래쪽에 정물처럼 놓여 있던 도도한 가마솥이 한껏 기세를 뽐낼 기회가 마침내 온 것이다.

마루청 아래에 쟁여 놓았던 장작들은 아낌없이 불려 나왔을 게다. 솔가리로 활활 밑불을 붙인 후 장작을 얼기설기 포개 얹으면 가슴 속 화병을 토해 내듯 장작들은 붉게 타올랐을 것이고 물은 서서히 데워졌을 것이다. 마른논에 촉촉이 물이 스며들듯 그 집 가족들은 오랜만에 기름진 육식으로 몸을 부드럽게 할 수 있다는 생각으로 흡족했을 게고, 주위에 어슬렁대던 사람들은 부산물이라도 얻으려는 기대로 들떠 있었을 게다. 그런 날은 아이들도 덩달아 신이 나서 목줄 풀린 강아지처럼 즐겁게 뛰어논다.

한쪽에서 염소의 명줄이 끊어지는 동안 시커먼 가마솥은 우람한 체력만큼 자신의 실력을 보여 주듯 염소의 까만 털을 벗길 물을 뜨겁게 뜨겁게 데워놓았다. 그런데 바로 그때 일어나면 안 될 그 일이 일어나고 만 것이다. 하필이면 물이 데워지기 전도 아니고 좀 덜 뜨겁던 때도 아닌 펄펄 끓을 바로 그때 말이다. 물은 불을 붙인 동시에 뜨거워지지 않는다. 불을 붙이고도 제법 있어야 서서히 뜨거워지기 시작하여 마침내 펄펄 끓지 않는가. 시간을 되돌릴 수 있다면 그 일은 물이 팔팔 끓기 전에 일어나든지 일어나지 말았어야 했다.

그 집에는 당시 열 살 쯤 되던 딸아이가 있었다. 기억이 어렴풋해서 자세한 생김새는 잊어버렸지만 예쁜 모습이었던 것으로 기억된다. 어른들이 염소의 숨통을 끊어 놓고 곧이어 그믐밤 같은 까만 털을 말끔히 벗겨 낼 물이 뜨겁게 펄펄 다 끓었을 즈음, 작은방에 있던 그 아이가 여닫이문을 밀치며 아래로 떨어진 것이다. 당시 들리던 이야기에 의하면, 아이들이 모여 놀고 있었는데 어찌하다 문을 밀치게 되었단다. 불행하게도 아이가 떨어진 충격으로 시커먼 가마솥 뚜껑이 밀리면서 열렸고 아이는 그만 솥 안으로 떨어지고 말았단다. 가족의 몸보신을 위해 제 의무를 다하고 있던 가마솥이 악마의 아가리가 되어 버리고 말았던 것이다.

잔치 같은 분위기는 순식간에 사라지고 소문은 온 마을에 슬프게 슬프게 번졌다. 아이는 목숨을 건졌으나 상태가 위중하여 사경을 헤맨다 하였지만 며칠 후 끝내 세상을 떠나고 말았다. 그때 나는 어렸고 간접적 경험이었지만 죽음이란 커다란 사건을 감당하기 힘들었다. 생명체로서 겪었을 고통이 자꾸 상상되어 어린 나이에 한동안 정말 힘들었던 기억이 난다. 며칠 후 그 아이는 마을 주위에 있는 산에 묻혔다. 이제 고통 없이 편히 쉬라는 위로보다 못다 산 그 아이의 생이 너무 안타까워 혀를 차는 사람들이 더 많았다. 혈연이 아닌 사람의 심정도 무너져 견디기 힘든데 부모의 가슴은 얼마나 무너지고 또 무너졌을까. 되돌릴 수 없는 시간을 한탄하고 후회하며 의도하지 않은 죄책감으로 남은 인생마저 피멍이 들었을 것이다.

똑같은 겨울이건만 먹을 게 부족했던 그때의 겨울들은 유난히 추웠다. 아이들의 옷소매는 늘 콧물로 반질반질했고 팔꿈치며 무륲이 헤진 옷들은 여러 벌 껴입어도 추위를 잘 막아 주지 못했다. 그 아이가 살아 있다면 내 나이 언저리이지 싶다. 겨울의 변천사이기도 하지만 추운 계절이 되면 시대적 생활상에 의해 희생된 그 아이와 그때의 겨울이 가끔씩 생각난다. 지금은 불 때는 아궁이가 있는 집을 거의 볼 수 없다. 시골에 가도 대부분 현대식 부엌이라 지상 세계의 이야기를 천상으로 실어 보내는 굴뚝을 가진 집도 드물다. 가마솥도 보기 힘들고 격자무늬의 여닫이문이 있는 작은방도, 군불 넣는 아궁이들도 시커먼 노구를 이끌고 추억 속으로 깊숙이 들어가 버렸다. 그 추운 겨울, 이 세상에서 사라져 간 그믐밤처럼 털이 까만 염소와 소녀처럼.

술을 빚다

길은 외줄기
남도 삼백 리

술 익는 마을마다
타는 저녁놀

목월 시인의 시 「나그네」의 부분이다. 목월 시에 등장하는 시어들이 대개가 그러하듯 나그네의 시어 역시 농경사회를 지나온 세대라면 누구나 쉽게 공감할 언어들이다. 그 가운데 '술 익는 마을'이라는 시구는 술을 좋아하는 사람이라면 말할 것도 없겠지만 술 맛을 모르는 사람이라도 마음을 따듯하고 푸근하게 만드는 것을 느낄 것이다. 옛날에는 가정에서도 종종 술을 담갔다는데 우리 집에서는 한 번도 술을 만드는 것을 본 적이 없다. 그럼에도 술 익는 마을이라는 시구가 친근하게 와 닿는 것은 왜인지 모르겠다. 술을 만드는 것도 본 적 없는데 하물며 술 익는 모습을 어찌 그려 보겠는가. 해서 '술 익는 마을마다'라는 어구에 이르면 도대체 술이 익는 게 어떤 건지 궁금했다.

철 따라 열리는 과일은 시간이 흐름에 따라 떫은 풋내를 삭히고 달콤한 과즙이 듬뿍 들고 제 색이 나오면 익었다는 것을 알아챈다. 불로 익혀야 하는 음식은 얼마만큼 열을 가해야 익는 것인지 경험으로 알지만, 술이 익는다는 것은 어떤 것인지 통 감이 오지 않는 것이었다. 한번 구경이라도 해 보고 싶었지만 요즘 술 담그는 사람을 쉽게 볼 수 있는가. 그런데 술이 익는 것을 직접 체험하는 날이 왔다. 식초를 만들기 위해 직접 술을 담그게 된 것이다.

곡류나 과일이 술이 되려면 알코올 발효를 거쳐야 하는데 그러기 위해서는 누룩이나 효모가 필요하다. 건강에 좋다 하여 식초를 담그는 것이니, 같은 값이면 조금이라도 몸에 더 좋은 재료로 담는 게 좋다. 당연히 백미보다는 현미다. 현미로 술을 담글 것이니 누룩이 필요했다. 우선 한 번도 구해 본 적 없는 누룩을 구해야 하는데, 요즘 인터넷에는 그야말로 없는 게 없다. 일반 시장에서 구할 수 없는 것들도 검색만 열심히 하면 어디에 있어도 다 있으니 참 편리한 세상이다. 양질의 국산 누룩을 인터넷으로 구입했다. 누룩을 사 보기도 태어나 처음이니 별거 다 해 보는 기분이 들었다.

발효식품이 건강에 좋다는 것은 다 아는 사실이다. 택배로 도착한 누룩만 쳐다보고 있어도 몸이 막 건강해지는 기분이 들었다. 농부의 땀과 함께 호흡을 맞추며 밀밭을 건너와 발효의 시간을 보내고 태어난 누룩. 밀로 만든 잘 띄워진 누룩을 분쇄기로 곱게 갈아 놓고 현미를 씻어서 불린다. 하루 정도는 충분히 불려서 보통은 고두밥으로 찌는데 나는 진밥을 짓는다. 알코올 발효가 잘 일어나게 하려면 단단한 곡류의 결정이 풀려 누룩과 골고루 잘 섞여야 한다. 곡류가 누룩의 성분과 섞여 분해되는 것을 당화라 하는데, 당화가 잘되려면 곡류의 표면을 감싸고 있는 막이 터져야 한다. 속껍질까지 벗겨낸 백미는 표면을 감싼 막이 부드러워 고두밥을 지어도 쉽게 터져 당화가 잘된다. 그러나 현미는 거친 껍질 때문에 고두밥을 지으면 손으로 치대어도 표면이 잘 터지지 않고 힘만 든다. 그래서 표면이 저절로 터지게 고두밥보다 진밥을 지어 누룩과 섞으면 당화가 잘된다 하여 그리한 것이다.

불린 현미에 물을 넉넉히 붓고 진밥을 지어 적당히 식힌 후, 미리 개 놓은 누룩을 넣고 잘 섞이게 힘껏 치댄다. 그런 다음 항아리에 차곡차곡 담은 후 공기가 들지 않게 비닐을 덮고 꼭꼭 밀봉을 해 두면 하루 정도 지나 기포들이 뽀글뽀글 올라오기 시작한다. 성질 급한 녀석들은 재료를 치댈 때부터 뽀글거리기 시작한다. 그야말로 술 익는 모습과 소리를 눈과 귀로 확인할 수 있다. 시간이 지날수록 뽀글거림은 왕성해지는데 이틀에 한 번 정도 골고루 저어서 바닥으로 가라앉은 누룩이 잘 섞이도록 해 준다.

발효음식이 다 그렇지만 술 역시 사람이 일정 부분 작업을 해 주면 나머지는 눈에 보이지 않는 미생물들이 만들어 간다. 곡류는 자체에 당성분이 포함되어 있어 설탕을 넣지 않지만 과일이나 채소로 술을 빚을 때는 적당량의 설탕을 넣어야 하는데, 이는 미생물의 먹이를 공급해야 하기 때문이다. 신기하게도 술이 다 익으면 단맛이 사라진다. 알코올 발효를 시키는 미생물들이 다 먹어 버리기 때문이다. 보통 보름 정도면 술이 빚어지지만 숙성이 잘된 술이 좋은 식초를 만든다 하여 술이 익고도 한 달 정도 더 뒀다 초를 안친다.

항아리 속 술이 하루 이틀 익어 가는 것을 보면 내 속에 있던 교만들도 더불어 삭아 간다고 할까. 왠지 겸허해지는 것 같아 즐겁다. 발효 과정을 지켜보면 눈에 보이지 않는 또 다른 세계를 엿볼 수 있다. 그것은 때때로 인간이 얼마나 교만한가를 가만가만 깨우쳐 주기도 한다. 눈에 보이지 않는 미생물들이 최초 성분에서는 전혀 없던 성분을 만들어 내는데, 나는 그것을 창조라 부르고 싶다.

초 사랑

서재에 있는 색색의 유리병들을 바라본다. 볼 때마다 흐뭇하다. 서재만이 아니다. 장독들이 차지하고 있는 전실에도 색색의 액체를 품에 안은 항아리가 적지 않다. 누런색, 갈색, 포도색, 붉은색, 검은색 등을 띠고 있는 이 병들은 그동안 만든 식초를 보듬고 있는 게다. 우연히 천연발효식초에 관심을 가지기 시작하여 요즘 이들에 빠져 살고 있다. 아침에 잠자리에서 일어나면 제일 먼저 식초를 향해 달려간다. 뚜껑을 열고 눈인사를 하는 것은 물론이고 외출에서 돌아와서도 제일 먼저 다가가 식초들의 안부를 묻는다. 하루가 다르게 변해 가는 식초를 보는 것이 신기하기도 하지만 식초는 하루라도 돌보지 않으면 안 되기 때문이다. 수시로 들여다보다 이상한 낌새가 있으면 바로 조치를 해야지, 그렇지 않으면 애써 담근 식초가 제대로 발효되지 않고 산막으로 변해 못 먹게 되기가 쉽기 때문이다.

처음에는 천연발효식초가 건강에 이로움을 준다 하여 관심을 가지고 담그기 시작했는데, 막상 담그고 보니 발효되는 과정이 더 흥미롭다. 술을 걸러 초를 안치고 나면 며칠 후 초막이 생기는데, 온도가 잘 맞으면 하루가 다르게 변해 간다. 초막은 식초를 만드는 초산균이 사는 집이다. 초산균은 알코올 성분을 먹고 자라는데 초산균이 왕성하게 늘어나면 그만큼 초막도 두꺼워진다. 초막을 두꺼운 채로 오래 두면 산막이 되어 버리기도 하기 때문에 상태를 봐 가며 가끔 깨뜨려 줘야 한다. 초막을 깨뜨려 주면 신기하게도 깨뜨린 모양대로 또 다른 그림을 그린다. 날이 갈수록 식초가 익어 가는 새콤한 향기는 짙어지고 하루가 다르게 변하는 초막은 너무나도 신기했다.

식초를 만들려면 먼저 술이 있어야 한다. 시중에 판매되고 있는 대부분의 술들은 식초로 담글 수 있지만 일반적으로 가장 많이 식초를 만드는 술은 막걸리다. 판매되는 막걸리를 구해 식초를 담가도 되겠지만 나는 이왕이면 술도 직접 빚는 게 위생적이고 건강에도 더 좋을 것 같아 한 번도 만들어 본 적 없는 술을 직접 빚기로 했다. 누룩가루를 구입하고 현미로 질게 밥을 지어 알맞게 식힌 후 누룩가루와 잘 버무려 항아리에 차곡차곡 담는다. 비닐로 항아리 입구를 덮은 후 고무줄로 꽁꽁 동여매고 바늘구멍 몇 개를 뚫어 주면 나머지는 시간이 알아서 해 준다.

술을 빚는 방법은 누룩과 효모로 하는 방법이 있는데, 각각 장단점이 있다. 재료에 따라 달리하기도 하지만 두 방법 모두 가능하다. 때로는 누룩으로 때로는 효모로 술을 빚었다. 누룩이든 효모든 술이 되기 위해서는 알코올 발효를 거치는데, 재료와 기온에 따라 다르긴 하지만 대개 이삼일 후면 기포가 생기기 시작하여 시간이 흐르면서 왕성하게 끓는다. 굳이 귀를 갖다 대지 않아도 뽀글거리는 소리가 들린다.

저들 스스로 몇 날을 뽀글거리는 게 또 얼마나 신기하던지 눈만 뜨면 달려가 항아리 속으로 얼굴을 디밀었다. 밖에 나가 볼일을 보고 있어도 마음은 온통 이들에게 가 있어 어서 귀가하고 싶은 생각뿐이었다. 한 종류의 술이 다 익으면 곱게 걸러 식초를 안치고 또 다른 종류의 술을 담그기를 반복하며 책 읽는 날이 줄어들고 외출이 줄어들고 생활의 곁가지들이 차례로 잘려 나갔다. 그렇게 시간이 흐르고 날이 가고 철이 바뀌고 해가 바뀌며 식초들은 한 가지씩 한 가지씩 늘어났다. 식초는 해를 묵힐수록 몸에 좋은 성분이 많아진다고 한다. 이 년 정도를 넘어가면 음식이 아닌 보약이 된다고도 한다.

식초 담그기를 즐기는 사람들은 널리 알려진 현미흑초와 감식초를 비롯하여 온갖 식초를 다 담그는데, 그도 그럴 것이 웬만한 곡류나 과일, 채소 등은 다 식초로 만들 수 있기 때문이다. 하지만 아무리 좋다 하여도 손쉽게 구할 수 있고 바로 먹을 수 있는 것이라면 굳이 식초로 만들 필요가 없을 듯하여 나는 몸에는 좋으나 구하기 쉽지 않고 섭취하기도 힘든 것들을 담그기로 했는데 현미, 매실, 쑥, 아로니아, 오미자, 오디 등이다. 이런 것들은 사과나 배, 감 등속처럼 쉽게 접하고 먹을 수 있는 것들이 아닐뿐더러 몸에 좋은 성분을 많이 지니고 있다. 많이 나는 제철에 구입하여 식초로 담가 놓으면 일 년 내내 쉽게 먹을 수 있어 좋지 않겠는가.

거짓말 같지만 지난 일 년은 하루도 거르지 않고 식초를 담그고 보살피면 보냈다면 믿겠는가. 어떤 때는 몸이 피곤해 쓰러질 지경까지 가기도 했다. 술을 빚고 식초를 안치는 것 자체도 힘들지만 모든 일이 그렇듯 부수적으로 해야 하는 일거리가 더 많다. 좋은 재료를 구하기 위한 노력도 무시 못 하고 구입한 재료들을 다듬고 씻어 물기를 말리는 데도 적잖은 시간과 힘이 든다. 그리고 모든 것을 끝내고 나면 할 일은 더 많다. 이모저모 사용했던 용기들을 일일이 씻고 말려서 제자리에 넣기까지 여간 힘과 손이 많이 가는 게 아니다. 작지 않은 유리병과 항아리들은 들고 나르기에도 힘이 부치지만 안과 밖을 깨끗이 씻어 소독하고 말리는 일도 쉬운 게 아니어서 그간에 들인 공이 적지 않다.

늦가을 무렵에 담근 생강식초를 마지막으로 올 한 해의 식초 만들기 작업이 마무리되었으나 아직 거름을 하지 않았으니 마침표는 내년 정월에나 찍을 듯하다. 사람은 하고 싶은 것을 할 때 가장 즐겁다. 손수 담근 식초들을 바라보고 있으니 알 수 없는 행복의 잔잔한 물결이 일상을 향해 번져 나간다.

총산도

오늘은 벼르고 벼르던 식초의 총산도를 측정하기로 마음먹었다. 총산도는 식초 속에 들어 있는 유기산의 양을 백분율로 나타낸 것을 말한다. 총산도를 측정하려면 특정한 시약과 몇 가지 용기가 필요하다. 식초를 담그기만 했지, 산도를 측정하는 것은 생각만 해도 머리가 아프고 뭔가 과학적 지식을 동원해야 할 것 같아 엄두를 못 내고 있었다. 하지만 담가 둔 식초의 산도를 알아야 마음 놓고 저장을 해 둘 수 있을 것 같아 용기를 내기로 했다. 식약청에서 식초로 인정하는 총산도는 최소 4.2다. 그보다 밑으로 떨어지면 잡균이 번식하기 쉽고 산패가 되어 버리기도 한단다. 산도가 최소치보다는 좀 높아야 오래 변질이 되지 않으니 마음 놓고 저장해 둬도 된다. 그러니 총산도에 신경이 쓰일 수밖에 없다.

산도 측정에 대해 검색을 해 보니 수학적 사유라면 고개가 절로 흔들릴 정도로 싫어하는 내게는 너무 어려워 보였다. 무엇을 얼마만큼 넣고 또 무엇을 얼마만큼 넣고 그런 후 다시 사용한 것의 양에 특정한 숫자를 곱해야 한다니, 해보기도 전에 머리가 무거워졌다. 사용되는 시약품들도 과학 시간에나 들어 볼 법한 처음 들어 보는 발음하기도 어려운 이름들이었다. 게다가 비커니 유리 막대 등도 준비하여야 한다니 머리가 지끈거렸다. 제대로 측정하려면 고가의 장비가 있어야 한단다. 하지만 가정에서 그런 고가의 전문 장비까지 구입하는 것은 쉽지 않은 일이니 정확성에서 다소 떨어져도 그 방법이 저렴한 비용으로 쉽게 할 수 있는 방법이란다. 가장 쉽게 가늠해 볼 수 있는 방법은 리트머스 종이로 알아보는 방법이지만 신뢰도가 높지 않아 그다지 권하는 방법은 아니라 한다. 마음을 먹었으니 거창해 보이는 재료와 기구들을 차례대로 구입하기로 했다.

가정에서 측정할 때 필요한 것은 비커와 유리로 된 막대관, 스포이트, 수산화나트륨용액, 페놀프렐레인용액 등이다. 생각해 보라. 이 나이에 이런 어려운 용어를 들을 기회가 어디 흔한가. 거의 과학자의 실험실 기구를 떠올리게 하는 수준 아닌가. 사서 고생하는 것 같은 마음이 자꾸 들었으나 심호흡을 하고 하나하나 구입을 하기로 했다. 역시 인터넷에는 없는 게 없다. 그야말로 정보의 바다고 물상의 보고다. 또한 행동하기 싫어하는 나를 위해 만들어진 게다. 구하고자 하는 물품이 한 사이트에 다 있으면 운이 좋다. 한 번의 결제로 모든 것을 살 수 있지만 아쉽게 한곳에 다 있지 않아 두어 군데서 원하는 것들을 구입할 수 있었다. 비커는 그냥 종이컵으로 대신했다. 마침내 모든 준비물이 도착하던 날, 마치 과학자가 된 듯 서재에 기구와 용액들을 나란히 늘어놓았다. 마침내 실험을 할 준비가 된 것이다. 정말 조그마한 과학실험실 같았다.

먼저 스포이트로 측정하고자 하는 식초를 일 밀리미터 뽑아내어 종이컵에 쏟은 후 발음하기도 힘들고 글로 적기도 힘든 이름의 페놀프렐레인용액 세 방울을 떨어뜨려 골고루 섞는다. 그런 다음 거기다 수산화나트륨용액을 조금씩 떨어뜨린다. 수산화나트륨용액이 떨어지면 페놀프렐레인용액과 섞어 둔 식초혼합액이 진분홍으로 변하기 시작한다. 이것을 다시 살살 흔들면 금세 투명해지는데 여기에 다시 수산화나트륨용액을 조금씩 떨어뜨리고 흔들기를 반복한다. 그러다 식초혼합액을 흔들어도 연분홍색이 변하지 않게 되면 멈춘다. 총산도를 계산하는 공식은 따로 있지만, 들어간 수산화나트륨양이 많을수록 높다.

달걀을 품에 품고 부화되기를 기다렸다는 어린 날의 에디슨처럼 서재 바닥에 쪼그리고 앉아 담가 둔 식초들의 총산도를 측정하기 시작했다. 초여름에 담근 새까만 오디식초, 상황버섯을 우린 물과 찰현미로 담근 식초, 키위, 황매실, 쑥, 파인애플, 함초 등으로 만든 식초들의 총산도를 하나씩 하나씩 측정해 나갔다. 그 발음하기도 어려운 용액들을 덜어 낼 때는 별것 아닌데도 손이 떨리기까지 했다. 다행히 내가 만든 모든 식초에서 식약청에서 제시하는 최소치보다 높은 측정치가 나왔다. 비로소 마음이 놓였다.

총산도가 측정된 식초들은 숙성 기간을 오래 두면 좋은 음식이 되는데, 해를 더할수록 보약과 같은 성분이 생긴다고 하니 흐뭇하다. 어디 그뿐인가. 마음 가는 소중한 이를 위해서는 그 기쁨을 함께할 수도 있으니 어찌 좋지 않으랴. 식초는 대표적인 느림의 음식이다. 돈을 아무리 많이 준다 하여도 적정한 시간으로 숙성시키지 않으면 만들어지지 않는 음식 중 하나다. 만드는 이의 정성이 적게 들어갈 수가 없다. 술을 빚고 걸러서 초를 안치고 행여 잘못될까 날이면 날마다 수시로 들여다보며 공을 들여야 만날 수 있는 음식이 식초다. 초산 발효가 끝이 나면 당장 먹어도 안 될 건 없지만 최소 몇 개월은 지나야 좋다기에 공기가 들지 않게 밀봉하여 고이 잠을 재운다.

지금 우리 집은 앞서거니 뒤서거니 익어 가는 식초들의 야무진 꿈이 가득 차서 집 안 공기가 탱탱하다.

지금 행복 중입니다

지금 저는 행복 중입니다. 유리창을 통해 들어오는 3월의 햇살이 따사롭고 집 안에는 홈시어터에서 흘러나오는 베토벤의 교향곡 6번이 편안하게 출렁이고 있습니다. 환기를 위해 창문이란 창문을 다 열어 놓고 있어도 바람이 차지 않습니다. 겨울의 국경을 넘은 꽃들이 이곳저곳에서 이삿짐을 풀고 있다는 소식도 들립니다. 그러니 어찌 행복하지 않겠습니까.

물론 불의를 보면 분노가 치솟고, 이러저러한 이유로 고통을 당하거나 슬픔에 처한 이들을 생각하면 가슴이 답답하지만 분명한 건 우리는 시간에 실려 흐를 수밖에 없다는 사실 아니던가요. 잠자리에서 일어나면 어김없이 눈앞에 다가와 우리를 깨우는 아침. 사실 아침을 맞이하는 것은 날마다 부활하는 것이랍니다. 오래

된 어깨 통증이나 허리 통증이 사라지지 않아 일어나기가 싫고 수십 년 전과 똑같이 반복되는 일과를 시작하는 게 따분하기도 하지만, 어젯밤에 닫혀 버렸던 오감이 되살아나니 어찌 부활이 아니겠습니까.

잠시라도 틈을 내어 3월의 햇빛을 가만히 살펴보십시오. 한겨울 집 안 깊숙이 들어오던 햇빛이 조금씩 조금씩 밖으로 발을 옮기고 있습니다. 지금부터 천천히 밖으로 물러나기 시작하여 무더운 여름이 되면 해는 지붕 위에 가 있을 것입니다. 북반구에서 볼 수 있는 태양의 길이죠. 애써 뭐라 요구하지 않아도 알아서 척척 제자리를 찾아가니 얼마나 고마운 일입니까. 사실 조금만 관심을 가지면 소소하게 행복할 거리들이 주위에 많이 있답니다. 아파트로 이사를 온 지도 3년째로 접어들고 있습니다. 올해는 저도 장을 담갔습니다. 아파트에서는 장 담그기가 쉽지 않다고들 하지만 모험 삼아 한번 담가 보기로 했던 것입니다. 제가 사는 아파트는 모든 면이 확장 되어 있어 발코니가 별도로 없습니다. 주방 앞, 김치냉장고 놓는 곳에 겨우 작은 공간이 있습니다. 그곳에 항아리를 놓고 장을 담그기로 했습니다.

맛있는 장을 얻기 위해서는 좋은 메주가 준비되어야 합니다. 겉면에 하얀 곰팡이가 예쁘게 피어 있는 좋은 메주를 구입하여 솔로 깨끗이 씻은 후 물기가 빠지게 둡니다. 간수가 잘 빠진 3년 된 천일염을 생수에 풀고 염도를 맞추는데, 계란을 넣어 5백 원짜리 동전만큼 떠오르게 하면 됩니다. 소금물과 씻은 메주는 하루 묵힙니다. 다음 날, 물기 빠진 메주를 항아리에 차곡차곡 담고 가라앉힌 소금물을 붓습니다. 티끌 하나 없이 깨끗해 보이던 소금이지만 불순물이 제법 가라앉아 있는 것을 볼 수 있습니다. 발갛게 단 숯과 마른 고추 몇 개를 넣고 면보자기를 덮으면 끝입니다.

그런데 말입니다. 잘될까 반신반의하며 담근 장이 거짓말같이 잘 익어 가고 있습니다. 그래서 지금 행복합니다. 세상에서 가장 소중한 가족들에게 건강한 음식을 먹일 수 있다는 사실에 마음 또한 뿌듯합니다. 물론 제가 기울이는 정성도 적지 않습니다. 아침이면 창을 활짝 열어 햇빛이 들게 하고 항아리 뚜껑도 활짝 열어 둡니다. 그러나 햇빛이 드는 시간은 길지 않습니다. 볕이 항아리를 데우고 가는 시간은 길어야 3시간 정도입니다. 3월 들어서는 햇빛이 밖으로 나가는 게 눈에 띄다 보니 조금이라도 햇빛을 더 쬐게 하기 위해 항아리를 바깥쪽으로 조금씩 이동해 주기도 합니다. 그리고 틈만 나면 다가가서 항아리를 쓰다듬으며 애정 어린 눈길을 아낌없이 줍니다. 그러니 어찌 잘 익어 가지 않겠습니까. 장 담근 며칠 뒤에 고추장도 담갔는데, 고추장도 잘 익어 가고 있고 4년 전 단독주택에 살 때 담근 장도 웃소금을 뿌려 두지 않았는데도 곰팡이 하나 없이 잘 익은 모습으로 안심을 주니 이 또한 행복의 미소를 짓게 합니다.

지금 제 귀에 들리는 베토벤의 저 음악은 무거우면서도 평화 감미롭고, 평화 감미로우면서도 장엄 웅장합니다. 평범한 일생을 마다하고 예술을 향해 아낌없이 영혼을 쏟아붓는 험난한 인생을 택한 그의 일생에 새삼 경건함과 고마움을 느낍니다. 교향곡 6번은 요즘 같은 3월에 들으면 더욱 실감나고 평화 감미롭게 다가옵니다. 자연과 인간이 가장 자연스럽게 어울려 노동을 할 수 있는 계절이 봄입니다. 따갑지도 차지도 않은 바람 햇살 아래 꽃들은 하나둘 피어나고 새들이 읽어 주는 봄 편지를 들으며 사람들은 밭을 갈아 씨를 뿌립니다. 그러다 육신이 지치면 연둣빛 밭둑에 앉아 한가로이 쉬기도 합니다. 교향곡 6번을 들으면 떠오르는 영상입니다. 제가 경험한 원초적 전원의 모습이 그러했기 때문입니다.

음악은 문학처럼 애써 읽지 않아도 귀를 통해 절로 마음에 와 닿으니 예술 중의 예술인 것 같습니다. 행복을 느끼는 기준은 사람마다 다르지만 베토벤의 음악을 들으며 지금 저는 행복합니다. 어떤 사람은 권력을, 어떤 사람은 부와 명예를, 어떤 사람은 꿈을 이뤘을 때 행복하다고도 합니다. 그러나 맛있는 음식도 몇 번 먹지 않아 물려 버리듯 궁극적인 행복은 마음 상태가 평정할 때가 아닌가 합니다.

3월의 햇살은 성정이 착하고 순해서 두 손을 내밀면 연분홍 아가 손같이 보드랍게 다가옵니다. 봄 햇살은 자외선이 강하다고 딸은 집 안에 두고 며느리를 밭 매러 내보낸다지요. 하지만 까짓 자외선 좀 쪼인다고 생이 어찌 되겠습니까. 저는 가끔 자외선 차단제를 바르지 않고 햇살을 온몸으로 받아들입니다. 그럴 때마다 우주의 긍정적 에너지장이 몸속 가득 차는 느낌을 받곤 하지요. 재료와 성분을 제대로 알 수 없는 건강 음식보다 훨씬 좋습니다. 햇볕 너무 겁내지 말고 여러분도 한번 온몸으로 받아들여 보시지 않으시겠습니까. 사는 모습은 달라도 마침내 우리는 우주의 한 성분으로 돌아갈 것입니다. 그때가 되면 지지고 볶던 세상사는 한갓 바람같이 사라지겠지요. 힘든 일이 가슴을 짓눌러도 짬짬이 행복해지는 습관을 들이며 지금 행복 중이 되도록 했으면 좋겠습니다. 지극히 소소하고 시시하다고 타박할지라도 저는 지금 행복 중입니다.

날아라, 비행기

비슷비슷한 날이 이어지던 어느 봄날, 제주를 간단다. 각자 생활 전선이 다르고 여가 형편도 같지 않아 서로 간의 시간이 안 맞아 가네 못 가네 하다 겨우 날을 맞춰 잡은 여행이다. 물과 마찬가지로 사람이나 생각도 한곳에만 고여 있으면 불쾌한 냄새가 나기 마련이라 정도가 심해지면 주위를 오염시키고 마침내는 썩어 그 주위로는 누구라도 쉽게 오려 하지 않는다. 그런 의미에서 여행은 생각의 구석구석을 거풍시키는 삶의 환기요, 막힌 곳을 뚫는 기폭제요, 관계와 관계의 도랑물을 활기차게 흐르게 하는 시간이다. 마음들은 모두 제주도가 아닌 스위스나 아름다운 풍경이 있는 유럽으로 가고 싶지만 바쁜 와중에 제주도라도 어디냐다.

약속한 날이 되어 일행은 공항에서 만났다. 언제나 그러하지만 공항은 한껏 멋을 부리고 나온 많은 사람들로 북적거렸다. 병원에 가면 아픈 사람만 있듯 공항에 가면 이 세상에는 일하는 사람은 없고 여행 다니는 사람만 있는 것 같다. 뉴스에서는 주말이나 휴일만 되면 많은 사람들이 해외여행을 가노라 북적거리는 공항의 모습을 보여 준다. 그러나 우리 같은 사람이야 비행기 탈 일이 웬만해서는 없으니 공항에 오는 것이 거짓말 좀 보태 하늘의 별 따기다. 개중에는 여행이 아닌 개인사로 볼일을 보기 위해 공항을 찾은 사람들도 있겠지만 사연이야 어찌 되었든 공항에 있는 모든 사람들은 여행을 떠나기 위해 모여든 행복한 사람들로 보인다. 아무렴 삶은 무시로 얼마나 팍팍한가. 여행을 통해 잠시라도 마음껏 여유를 누려 보는 것이다. 모두가 약속이나 한 듯 하나 되어 행복의 파도타기를 하고 있는 것 같다. 이왕이면 스위스로 여행 가는 것처럼 기분을 내어 볼까. 그래, 지금 나는 머리에는 하얀 눈 모자를 쓰고 산허리엔 아름다운 꽃들이 피어 있는 스위스로 가는 것이다. 마음껏 즐거워한다고 세금 낼 일도 아니니 완전히 내 마음이다.

이윽고 비행기에 탑승할 때가 되었다. 오랜만에 창밖으로 바라보는 하늘의 구름을 생각하면 소풍 가는 어린아이같이 마음이 설렌다. 일행들도 모두 같은 느낌일 것이다. 왜 아니겠는가. 살아 있는 동안 피할 수 없는 수많은 일들의 연속인 일상. 그 빡빡한

궤도에서 벗어나 잠시지만 자유를 누리게 되었으니 마음의 가벼움이 꽃잎이다.

다행히 내 자리는 창가 쪽이다. 얼마 후 비행기가 속력을 내며 활주로를 달렸다. 점점 고개를 치켜들더니 서서히 고도를 높이기 시작한다. 눈 아래 풍경들은 점점이 멀어져 간다. 공항도 들도 집들도 사람들도 차들도 길들도. 점점 작아지다가 한 뼘도 안 되게 작아졌다. 그러다 비행기가 제 고도에 들어서자 마침내 한 점이 되어 버렸다. 바다 한가운데 떠 있는 커다란 배도 한 점이고 도심의 빌딩들도 한 점이고 산과 바다는 한 뼘으로 줄어들고 집과 사람은 아예 보이지도 않는다.

가끔 비행기를 탈 때마다 느끼는 것이지만 커다랗다고 생각했던 산과 배, 빌딩들도 한 점에 불과하다는 것을 다시금 느낀다. 바다도 도로도 한 뼘이다. 저 수천 미터 아래 내가 사는 도시와 마을과 집이 있다. 겨울에는 춥다고 어깨를 움츠리고 종종걸음으로 따뜻한 물과 불이 밝혀진 집을 향하던 길과, 제법 밤늦게까지 엘이디 등을 밝혀 축구 경기를 하는 운동장, 때가 되면 이은미가 부르는 〈애인 있어요〉와 함께 힘차게 물꽃을 쏘아 올리는 오션시티 분수대도 있다. 이른 저녁을 먹었을 때나 또는 휴일 날 편안하게 산책하던 공원, 그 공원에서 다리가 아프면 넓은 품으로 우리를 보듬어 주던 마음씨 좋은 나무의자도 있다.

그런데 얼마간 떨어지니 아무것도 보이지 않는다. 그곳과 이곳을 가로막는 어떠한 물리적인 것도 없는데 아무것도 보이지 않는다. 분명 있지만 없다. 시야에서 사라져 버린 내가 다니던 길과 공원과 집. 그곳에서 웃고 떠들고 때론 싸우며 고통도 고뇌도 견딘다. 행복은 길지 않았지만 고뇌는 왜 그리 오래가는지. 고뇌의 한가운데 있으면 세상이 온통 고뇌 덩어리로 느껴진다. 그 크기를 아무리 객관화시키려 해도 잘 되지 않고 자꾸만 나락으로 떨어진다. 그렇게 애태우며 지나던 공간들이 얼마간 떨어진 공중에서 보니 세상을 꽉 채우던 고뇌를 앓던 그 사람조차 보이지 않는다. 한 점 티끌도 아니다. 하물며 한 점마저도 안 되는 게 사람 마음에 고여 있는 번민 같은데 닥치면 또 우왕좌왕한다. '있는 것이 없는 것이고 없는 것이 있는 것이다'는 고승들의 말이 떠오른다. 거리를 두면 알 수 있는 비의秘意, 비행기를 탈 때마다 느끼는 객관의 진리다.

여행은 고착화되어 있는 제자리에서는 볼 수 없는 자신을 객관화 시킬 수 있는 방편의 하나다. 진리는 고착화되어 있으면 알 수 없고 볼 수 없다. 알 수 없고 보이지 않는 진리를 발견하기 위하여 우리는 여행을 떠나는 것이다. 보지 않은 곳을 거닐고 해 보지 않은 것을 행해 보며 제자리에서는 미처 알아채지 못한 본질의 일부라도 엿보게 되는 것이다. 보라, 땅에서 그렇게 가슴을 태우던 삶의 고뇌들이 원래는 실체가 없는 것들이었다. 하늘을 나는 비행기 안에서 지금 이 순간만큼은 깨달은 자다.

고래로부터 수많은 사람들이 하였을 그 삶의 고통과 번뇌는 어디로 갔을까. 또 행복들은. 너도 한 점이고 나도 한 점이고 마침내 점마저 사라져 아무것도 없는 무. 비행기는 여행이나 볼일을 보기 위해 타고 가는 교통수단이면서 어떤 면에서는 깨달음의 길로 이끌어 주는 길잡이이기도 하다. 그러니 아이 어른 할 것 없이 비행기만 떠올리면 설레는가 보다. 여행은 언제나 즐겁고 설렌다. 비행기를 타고 떠나는 여행은 더더욱 설렌다. 날아라, 비행기!

봄, 휴머니즘을 생각하다

이즈음 사람들은 이미 봄맞이 청소를 끝냈을 것이다. 문이란 문은 죄다 열어 집 안 곳곳의 먼지를 털어 내고 두터운 겨울 외투들은 잘 손질해서 다음 겨울을 위해 잠재웠을 것이다. 목숨 가진 것들은 그것이 무엇이든 세상의 곳곳, 자기 자리에서 호흡을 가다듬고 새 길을 가기 위해 첫걸음을 내디뎠을 것이다.

새 출발을 하는 여린 것들을 위하여 겨우내 불던 차갑던 바람도 난폭한 성질을 어느 사이 누그러뜨려 얼굴에 와 닿는 공기가 따갑지 않다. 바야흐로 눈에 보이는 세상은 희망으로 가득하다. 그러나 올해는 희망의 봄을 맞이하면서도 마음이 무척이나 무겁다. 정말이지 많이 불편하다.

지난해부터 세상을 놀라게 한 엄청난 사건들. 아무리 시대가 삭

막하고 패륜과 폭력이 난무하는 사회가 되었다지만 부모가 자식을 죽이는 있을 수 없는 일들이 연이어 세상에 먹구름을 끼치고 있다. 삼강오륜이나 동방예의지국이란 말이 현실 감각을 잃은 지 오래되었지만 그래도 이건 너무 잔인하지 않은가. 동물보다 못한 패악을 사람이 행하고 있다. 동물도 제 자식은 해하지 않는다. 사람들은 연일 분노하고 슬퍼하고 아파했다. 후유증 또한 쉽게 사라지지 않아 삶을 어둡게 만들고 가슴을 덜컹거리게 한다.

악귀가 되어 버린 부모의 손아귀 속에서 얼마나 무섭고 무서웠을까. 살지 못한 어린아이들의 생과 그들이 숨이 넘어가는 순간까지 당했을 공포와 두려움을 생각하면 가슴이 먹먹하고 마음이 찢어진다. 어른으로서 그들을 지켜 주지 못한 게 미안하고 또 미안할 뿐이다.

얼마 전, 이세돌 9단과 구글의 인공지능을 내장한 바둑 프로그램 알파고와의 대결이 전 세계인의 관심을 집중시켰다. 예상과 달리 이세돌이 인공지능 기계에 졌다. 그 순간, 영화 《터미네이터》에 나오던 로봇인간이 떠올랐다. 내장된 칩을 망가뜨리지 않으면 절대 죽지 않는 로봇인간. 개발과 발달, 또는 인류를 위한 발전이라는 이름으로 오늘날 인간은 많은 자리를 기계에게 내주고 있다. 문명이 가져다주는 편리함과 부유함에 길들여진 사람들은 거의 물신주의에 빠진 듯한 착각이 들 정도로 물질을 좇는다.

돈이 모든 것을 해결해 주는 사회, 돈만 있으면 안 되는 게 없는 사회, 행복도 돈으로 저울질하는 물신주의 사회에서는 인간 자체의 가치와 개인의 인격은 설 자리가 점점 좁혀져 가는 반비례 현상이 발생한다.

몇 푼 안 되는 금전을 위해 존엄한 생명을 앗는가 하면, 하찮은 분노를 참지 못해 살인을 저지르는 일도 하루가 멀다 하고 발생하고 있다. 언제부턴가 배금주의가 사회를 잠식하여 인격은 물질의 아랫자리로 밀려나 버렸다. 인격이 물질의 아랫자리로 밀리다 보니 인명 경시 풍조가 만연한다. 인격이 모자라도 경제적 부만 가지고 있으면 자기가 최고인 줄 착각하는, 아니 그렇게 믿고 싶어 하는 부류의 인간들이 많아진다. 인본적 가치 실현과 병행하는 문명의 발달을 이루지 못한 결과의 폐해가 지금 나타나고 있는 게다. 사람에게 선악의 개념이 없다면 기계와 하등 다를 게 없지 않은가.

지금 인간의 존엄성과 가치의 훼손 정도는 위험 수준을 넘었다. 빠르게 변하는 시대에 대응하는 가치관의 재정립이 시급하다. 봄은 반드시 혹독한 겨울 다음에 온다. 앞이 보이지 않을 때도 사람은 앞으로 나아가야 하는 존재다. 어떤 난관도 오류도 결국은 헤치고 수레바퀴를 굴려 온 인류사를 보라. 잘못된 것은 하루 빨리 고치고 바꿔야 할 게 있다면 과감하게 바꿔야 한다.

우리 고장 강서로 오는 봄은 정말 아름답다. 꽃을 품은 봄이야 어느 곳으로 오든 아름답지 않으랴만 우리 고장의 봄은 특히 이목구비가 뚜렷하다. 눈을 들어 사방을 보라. 확 트인 들판에 푸른 물이 번지는가 싶으면 생태공원의 유채꽃이 피어나고 연이어 낙동강 둑길의 벚꽃들이 합창하듯 화답하며 세상이 봄으로 바뀌었음을 분명히 알려 준다.

그 어떤 역경에서도 살아남은 인류다. 꽃이 있어야 할 곳에는 꽃이, 나무가 있어야 할 곳에는 나무가, 사람이 있어야 할 곳에는 사람의 도리가 함께 있어야 한다. 추락한 인간의 존엄과 가치의 메마른 가지에 봄을 접목하여 아름다운 사람의 꽃을 피울 수 있도록 가꾸어야 할 의무가 다시 우리에게 주어졌다.

경계를 허물다

part 3

경계를 허물다

이른 새벽인데도 목욕탕 안은 사람들로 붐빈다. 대개 중년은 훨씬 넘어 보이는 연배의 사람들이다. 나이 들면 새벽잠부터 없어진다더니 잠이 없어 온 사람들인가. 번잡한 것을 싫어하는 성격이라 떠들썩한 분위기가 좀 거슬린다. 옷을 벗어 옷장에 넣고 운동복으로 갈아입는다. 헬스장은 이층에 있다. 그런데 헬스장에도 사람들이 적지 않다. 새벽에 운동하는 사람들이 이리 많단 말인가.

남들과 같이 주어진 하루를 사는데도 왜 그리 바쁜지 생활 습관을 바꿔 보기로 했다. 보통 열두 시쯤 되어 잠자리에 들던 것을, 일찍 자고 일찍 일어나는 아침형 인간으로 바꾸기로 한 것이다. 오후에 하던 운동도 새벽 시간으로 바꿨다. 운동 시간을 바꾸면서 냉온욕이 좋다 하여 목욕 회원권도 함께 끊었다. 새벽이라 사람이 적겠거니 했는데 예상외다. 다섯 시를 조금 넘긴 시간이지만 목욕탕에도 헬스장에도 이미 많은 사람들이 몸을 씻는가 하면 운동을 하고 있다.

헬스장에서 사람들이 가장 부담 없이 다가갈 수 있는 운동기구는 러닝머신이라 불리는 트레드밀이다. 내가 다니는 헬스장에는 열다섯 대가 있는데 이미 빈자리가 없다. 게다가 기다리는 사람들도 있다. 내가 쿨쿨 자고 있던 시간에 새벽을 즐기는 사람들은 이렇게 활기차게 몸을 움직이고 있었던 것이다. 그야말로 난생처음 보는 새벽 풍경이다.

운동을 끝내고 목욕탕에 내려오니 사람들이 더 많아져서 앉아서 씻을 수 있는 자리는 아예 없다. 게다가 떠들썩함은 정신을 하나도 없게 만든다. 새벽이라 물도 깨끗하고 분위기도 쾌적할 것으로 기대했는데 영 아니다. 날이 가며 지켜보니 몇 사람을 제외하고는 모두가 서로 아는 사이인 듯하다. 목욕탕 문을 열고 들어올 때부터 서로서로 웃고 떠들며 주고받는 이야기들이 하루 이틀 안 사이가 아니다. 이곳은 새로 지은 아파트 단지인데 어떤 연유로 아는 사람들일까.

그런데 알 수 없는 것은 나 자신도 날이 갈수록 그 분위기에 어울려 들고 있는 것이었다. 한 공간에서 일정 기간을 함께하다 보면 보이지 않는 관계의 그물망으로 엮이어 어느 날 자신도 모르는 사이 같은 괄호 속에 들어 있음을 알게 된다. 하루 이틀 얼굴도장 눈도장을 찍다 보니 한 사람씩 인사말을 주고받을 정도로 가까워졌다. 내친김에 다들 어떻게들 잘 아는지 물어보니 그냥 목욕탕에 오면서 알게 되었단다. 요즘 같이 '내가 내다' 하는 세상에 혈연, 지연, 학연 같은 것으로 연결되지 않고서야 그게 말처럼 쉬운 일이 아니다.

곰곰 생각해 보니 사람들이 가까워진 계기는 따로 있지 싶다. 목욕탕에 모인 사람들은 대개 중년을 훨씬 넘긴 이들이다. 얼굴에는 적든 많든 주름이 새겨져 있고 피부는 중력에 무력하여 아래쪽을 향해 늘어져 있다. 육신에 크고 작은 질병 한 개쯤은 가지고 있고 대개가 며느리나 사위를 보아 손자 손녀도 두고 있을 법한 연배들이다. 겪을 거 안 겪을 거, 볼 거 못 볼 거 다 보았다 할 정도로 생의 평지풍파를 비슷한 시기에 지나온 사람들인 게다. 사람들은 자신과 같은 공분모를 가지고 있으면 쉽게 가까워지지 않는가.

혈연이나 지연, 학연, 권력, 재력 등은 사람과 사람 사이에서 육중한 문으로 작용할 때가 많다. 그 육중한 문은 같은 열쇠를 공유한 자들만 열 수 있는 보이지 않는 사회의 경계를 만든다. 보이지 않는 경계는 불통과 불목을 만든다. 그러나 변하는 게 자연의

섭리이듯 사람도 나이 들어가며 변한다. 육십을 넘어가면 학연이나 권력, 재력 같은 것은 인간관계에서 그다지 중요하지 않다던 나이 든 어른들이 하던 말이 생각난다.

세상 풍파 겪을 만큼 겪고 이제 다른 세계로 갈 때도 머지않은 유한자로서의 동병상련이 왜 아니 느껴지겠는가. 남은 생은 되도록 모나지 않는 화평한 삶을 살고 싶은 소망이 한결같을 게다. 비슷한 시대, 비슷한 세월을 살아온, 그래서 서로 많은 말은 안 해도 몸과 시선으로 느끼는 공감대가 사회적 관습과 인습, 제도 등으로 막혀 있던 경계를 허물어 서로 가까워진 게 아닌가 싶다.

날이 지날수록 시끄럽게만 느껴지던 분위기에 익숙해지고 어쩌다 운동을 쉬는 날이라도 있을 때면 날마다 보던 얼굴들을 보지 못해 오히려 허전하다. 때로는 기쁨과 행복이, 때로는 슬픔과 고통들이 똬리를 틀고 갔을 노구들. 인생을 거느린 오랜 세월이 진군해 간 노구는 말하지 않아도 그 역사가 고스란히 스미어 각각의 색으로 영글어 있음이 보인다.

서로 언니야 동생아 하는 것을 보면 그 끈끈함이 어느 정도인지 짐작이 간다. 보통 그 연배의 여자들은 사회에서 만난 연장자를 부를 때 형님이라고들 한다. 나이 많은 여자들이 연장자를 형님이라 부르는 것은 언니라고 인정하기는 좀 그렇고 그렇다고 나이 든 예우를 하지 않으려니 또 좀 그렇고, 그런 애매할 때 사용하는 호칭이다.

나이 들어가면서 어쩔 수 없이 신체의 활동은 줄어들지만 반대로 세상을 이해하는 눈은 더 밝아지는 듯하다. 젊었을 때는 이해되지 않던 것들이 이해되는가 하면 그 대상과 범위도 시간이 흐를수록 넓어지는 듯하다. 관계와 관계에서 걸림돌로 작용하던 혈연, 지연, 학연, 재력, 권력. 세월에 풍화된 노구의 여인들이 목욕탕에서 서로 간의 경계를 허물고 있다.

명지성당

아파트 단지에서 바라보면 성당은 나뭇가지 사이로 붉은 건물의 윗부분만 부분부분 보인다. 그 단면적인 모습에는 자동차들이 다니는 도로도 없고 현대적 문명과는 무관한, 숲이 아름다운 마을 사람들의 평화를 위해 지어진 작은 성당처럼 보인다. 그것은 마치 뉴질랜드의 어느 시골이거나 숲이 아름다운 유럽의 전원 풍경을 떠오르게 한다. 요즘 지어진 아파트들은 주차장을 지하에 지어 놓아서 차를 타고 주로 외출을 하는 나는 아파트 공동 현관으로 나올 일이 잘 없다. 가까운 상가에 가거나 쓰레기를 버리러 갈 때 말고는 거의 지하를 통해 집으로 들고 난다. 어쩌다 볼일 때문에 아파트 단지를 지날 때면 종종 우두커니 서서 성당을 바라본다. 참 평화로운 느낌을 주는 모습이다.

구월도 지나고 대기의 피부 결이 제법 쌀랑하게 살갗에 와 닿는 시월에는 건물의 붉은 벽이 노랗게 물든 단지 내의 메타스퀘어와 도로가 은행나무 이파리들과 어우러져 짙은 색의 물감으로 그려진 한 폭의 유화로 다가온다. 그럴 때면 마치 숲이 아름다운 중세의 어느 성에 살고 있는 것 같은 착각이 드는데, 굳이 그 착각을 없애려 하지 않고 잠시지만 상상의 나래를 편다.

문명의 명암에 물들지 않은 자연적 친화성이 살아 숨 쉬는 공간, 인간의 원죄에서 기인한 생로병사에 순응하며 종교가 생활의 구심점이 되는 공동체. 때 묻지 않은 맑은 얼굴의 성직자가 길 잃은 청년의 영혼을 인자하게 이끌어 주고, 주일이면 구성원 모두가 가족이 되어 미사에 참례하는 성당이 있는 목가적 마을. 인자하신 신부님은 모든 신자의 얼굴을 기억하고 오며 가며 일상의 안부를 묻는 정이 뚝뚝 묻어나는 성당. 그런 곳에서는 생로병사도 한 폭의 풍경이리라.

아파트 단지에서 성당을 바라볼 때면 공간 이동이라도 한 듯 잠시 딴 세상을 즐기는 건 나의 행운이다. 신앙적으로 표현하면 종교적 은혜의 하나다. 그 목가적 풍경에 더하여 로만칼라가 도드라지는 수단을 입은 신부님이나 머릿수건이 단아한 수녀님이라도 오버랩 된다면 현실과 동떨어진 고결한 감성도 느낄 수 있으리라. 그러나 로만칼라에 수단을 입은 신부님은 미사 때나 볼 수 있고 우리 성당에는 수녀님은 아예 계시지도 않는다.

한때 가톨릭은 막강한 권력과 부를 휘두른 부작용으로 지탄을 당하기도 했다. 그런 오점이 있음에도 불구하고 성당이라는 두 글자에는 왠지 모를 성스러운 어감이 느껴진다. 그런 느낌은 어디에 기인하는 것일까. 그것은 아마도 가톨릭이 가진 종교적 예식과도 관련이 있지 싶다. 형식은 결코 내용을 능가하지 못한다. 형식보다는 내용이 중요하게 강조되고 또 그렇게 되는 게 바람직하지만 때에 따라서는 형식이 본질에 커다란 영향을 끼치는 것 또한 사실이다. 미사 때마다 체감하는 성스러움과 신비로움을 성당에 가 본 사람들은 알 것이다. 그런 성스러운 곳인 성당을 오며 가며 하루에도 몇몇 번씩 볼 수 있는 것도 커다란 축복이다. 그것도 가장 아름다운 각도에서 말이다.

이 잠깐 왔다 가는 삶에서 고단한 인생의 한 편을 기대어 놓아도 부담 없는 종교. 거창한 이론과 논리로 이해하는 종교는 모르지만 성가집을 끼고 성당을 오며 가며 한 세월이 벌써 수십 년이다. 아직도 미사 예식을 정확히 알지 못하고 기도도 제대로 하지 못하지만 종교는 알 수 없이 편안하게 해 주는 무언가를 마음속에 조금씩 조금씩 넣어 주고 있는지, 나날이 마음으로 다가오는 소리가 들려오는 듯하다. 나에게 있어 종교는 참 더디게 다가오는 위안이지만 동시에 굳건한 반석이 되고 있음을 느끼니 이 또한 종교에서 얻는 축복이다.

내가 다니는 성당은 명지성당인데, 성당과 우리 집 사이에는 사차선 도로 하나를 두고 있다. 말하자면 엎어지면 코 닿는 곳에 있는 것이다. 그뿐이 아니다. 거실에서도 안방에서도 성당이 환히 내려다보인다. 월요일 새벽이나 평일 미사가 있는 저녁에는 미사를 집전하는 성전에 켜진 불빛이 창문으로 내비치는 것을 보고 미사 중임을 알기도 한다.

성당 바로 옆은 공원이다. 그러니 집 옆에 성당과 공원을 끼고 있는 것이다. 성전 창을 통해서도 사계절을 내내 천천히 걸어가는 나무들이 살고 있는 공원을 바라볼 수 있다. 명지성당은 지은 지 오래되지 않았다. 성전이 지어질 당시에는 이곳으로 이사를 오지 않았을 때라 자세히는 모르지만, 초기에는 대부분이 그렇듯 신도들이 적잖은 고생을 겪은 것으로 알고 있다. 그러나 지금은 모든 면에서 견고하게 뿌리를 내렸고 신도수도 많이 늘어 교중미사 때는 자리가 부족하다.

나다니엘 호손의 작품 『큰 바위 얼굴』의 주인공은 인자한 큰 바위 얼굴을 바라보며 그 바위 얼굴을 닮은 위인을 기다린다. 그런데 어느 날 다름 아닌 자신이 큰 바위 얼굴을 닮은 그 인자한 사람이 되어 있다. 견물생심이라고, 비유가 맞지는 않지만 이렇게 매일매일 성스러운 성당을 바라보면 신앙에 대해 하루라도 생각을 더 하지 않을 수가 없지 않겠는가. 돌이켜 보면 신앙에 대한 나의 태도는 늘 미지근했다. 이제부터라도 하루하루 견고한 신앙의 뿌리를 내리라고 미천한 피조물을 성당 바로 옆으로 데려왔는지도 모르겠다. 이 모든 것에 감사할 뿐이다. 오늘도 거실 소파에 앉아 갓 내린 커피를 마시며 붉은 벽의 성당을 바라보며 신앙의 자세를 가다듬어 본다.

대왕, 울고 있나요

테이크아웃, 팩트, 매뉴얼, 세팅, 프레젠테이션, 미팅, 오더, 캔슬. 일상에서 어렵지 않게 접하는 언어들이다. 이런 언어들이 일 년에 하루 정도 공중파 방송에서 홀대를 받는 날이 있다. 한글날이다. 너나없이 앞다투어 외국어를 남발하던 방송들이 한글에 대해 최소한의 예의를 가지는 유일한 날이 한글날이다.

세계화된 시대를 살다 보니 세계적 언어처럼 여겨지는 외국어들을 적기에 적절하게 사용하는 것도 나름 의미는 있다고 본다. 하지만 굳이 외국어들을 사용하지 않아도 의미 전달이 되는 단어들까지 너도나도 앞다투어 사용하고 있는 것을 보면 삐딱하게 말해 사대 근성의 표출이 아닐까 하는 생각이 드는 것은 나만 그럴까.

위의 단어들은 우리말로도 충분히 소통이 가능한 것들이다. 테이크아웃은 포장으로, 팩트는 사실 또는 진실로, 매뉴얼은 지침서나 대응 목록으로, 세팅은 준비, 프레젠테이션은 시청각 설명, 미팅은 모임이나 회의, 오더는 지시나 주문, 캔슬은 취소로 사용해도 충분히 의미 전달이 된다. 그럼에도 많은 사람들이 마치 이런 외국어를 사용하지 않으면 안 되는 것처럼 사용하고 있다. 심지어는 옛날 같으면 세종대왕이 계시는 대궐이었을 청와대의 홈페이지에도 '팩트'라는 단어를 버젓이 올려놓았다.

요즘 커피 전문점은 커피뿐만 아니라 분위기를 파는 곳이기도 하다. 수년 전이었다. 길을 가다 분위기가 아주 멋진 커피 전문점이 새로 생겼기에 구경 삼아 들어가 커피 한 잔을 주문하려고 주문대 앞에 다가갔는데 점원이 "테이크아웃 하실 건가요?" 하고 묻는 것이었다. 지금 같으면 곧바로 예 아니오로 대답할 수 있었겠으나 그때는 그게 무슨 말인지 퍼뜩 이해를 못했다. 그게 뭐냐고 물어보려니 또 무식하게 보일 것 같아 멀뚱멀뚱한 표정을 지으니 포장할 거냐고 되묻는 것이었다. 나 참 아무리 국민들의 교육 수준이 높아지고 간단한 영어 마디 모르는 국민들이 있겠느냐마는 실용영어에 익숙지 않은 사람에게 갑자기 그런 식으로 물어보면 누군들 당황하지 않겠는가. 그것도 중년을 넘어가는 어중간한 연배의 사람들에게는 흔한 말로 골 때리는 것이다. 지금은 포장 가능하다는 문구도 테이크아웃 가능이라 적어 놓은 점포들이 대부분이라 그 뜻을 모르는 사람이 없을 것이다.

이런 삐딱한 경우를 생각하면 소화가 잘 되지 않는 음식을 먹은 듯 속이 더부룩하다. 비단 매스컴만이 아니라 가게나 식당 등 일상생활 곳곳에서 이러한 언어들이 마치 모국어인 양 사용되고, 아니 남발되고 있다. 매스컴은 아예 그게 정석인 듯 사용하고 더불어 부추기고 있는 듯한 느낌마저 들게 한다. 시대가 시대다 보니 딱히 이유를 들어 공격도 못 할 노릇이어서 혼자 속을 부글거린다. 어떨 때는 우리말을 사용하는 게 오히려 고루하고 덜 세련돼 보일까 눈치를 보게 될 때도 있다. 어이없는 노릇이다. 들어온 돌이 박힌 돌을 밀어내는 것도 아니고 뭔 일인지 모르겠다. 도대체 이런 기류의 발원지는 어디기에 가르치거나 시키지 않아도 전파력이 막강한 전염병처럼 급속히 확산되며 자리를 잡아 가는지 모르겠다.

우리나라가 한글이라는 모국어를 가지게 된 건 알려진 바와 같이 세종대왕께서 훈민정음을 창제하신 때부터다. 사대주의 문화에 익숙했던 초기에는 지배계급들로부터 언문이라 불리며 집 안에 있는 아낙네나 사용하는 언어로 취급받으며 지체 높은 이가 사용하기에는 격이 떨어진다는 천대를 받기도 했다. 그런 가운데 연구에 연구를 거듭하여 오늘날과 같은 편리한 문법 체계를 갖추

게 된 역사도 오래되지는 않는다. 게다가 일본 제국주의에 주권을 빼앗겨 말살의 위기에 처해지는 역경도 견뎌 온 게 우리 한글이다. 나라를 빼앗겨도 모국어를 가지고 있으면 언제든 주권을 찾을 수 있다 했다. 모국어는 의사소통 기능을 하면서 그 나라 민족이 가진 정서와 혼을 내포하고 있으며 그것을 고유의 방식으로 가장 잘 표현해 내는 말그릇이다.

모국어를 쓸 수 없게 된 슬픔을 그린 알퐁스 도데의 「마지막 수업」도 유명하지만 일제의 총칼을 피해 한글 학습을 해야 했던 우리 근대사를 떠올려 봐도 모국어의 절대성을 잘 알 수 있다. 지금 우리는 부족한 거 별 없는 풍요로운 세상에서 살고 있다. 귀하디 귀한 것도 눈을 뜨면 쉽게 볼 수 있고 손만 뻗치면 바로 잡을 수 있을 때는 그것의 소중함을 미처 깨닫지 못하기도 한다. 모국어의 탄압을 몸소 체험한 세대가 아니니 그 소중함을 절감하지 못한 탓도 있겠지만, 우리에게 모국어인 한글이 없다고 생각해 보라. 한자음을 빌리는 것은 물론이고 이 나라 저 나라 말을 빌려 와 우리의 생각과 마음을 표현하느라 얼마나 애를 먹겠는가.

시대가 바뀌고 새로운 개념과 사물이 생기다 보니 모국어로 표현하는 데 한계가 있어 외국어가 사용되고 나아가 외래어로 받아들여야 하는 개연성을 없앨 수는 없다. 모국어보다 더 나은 의미의 전달과 적확한 표현을 위한 것이라면 사회적 합의하에 사용하는 것도 세계화 시대에 걸음을 맞추는 것이라 할 수 있다. 하지만 타당한 이유 없이 외국어를 남발하는 것은 자기 비하로 느껴지기도 한다. 필요한 만큼 받아들이면 될 것이다.

만약 세종대왕이 타임머신을 타고 지금 세상으로 오신다면 이해하지 못할 언어들이 얼마나 많을까. 자신이 힘들여 만든 훈민정음을 전 국민이 사용하고 있는 것에는 흐뭇해하시겠지만, 한글을 밀어내고 자신의 집을 지으려는 정체불명의 외국어들을 보면 심히 걱정하시며 눈물을 흘릴 것 같다. 대왕 세종은 지금 울고 계실 것이다.

고양이 주제지만

오늘도 날이 밝았으니 생존을 위해 먹을 것을 구하러 나서야겠지. 잘 하면 작은 집에 사는 아줌마가 맛있는 생선뼈라도 줄는지 모르겠다. 그러나 재수 없게 큰 집에 사는 여자라도 맞닥뜨리게 되면 먹을 것은 고사하고 삼십육계 줄행랑부터 쳐야 하니 그런 불상사가 없기를 바라 본다. 큰 집에 사는 아줌마는 정말 밉상이다. 살아 있는 동안 두 번 다시 만나기 싫은 사람이니 어서 이사나 갔으면 좋겠다. 대신 작은 집 아줌마 같은 사람이 이사를 오면 참 좋겠는데 큰 집에 사는 사람들은 이사 갈 생각이 없는 모양이다. 참, 셋방이 아니고 자기 집이지. 딱히 이유가 없이는 이사를 갈 필요가 없겠다.

그런데 아무리 생각해도 말이 되지 않는다. 태초부터 있던 땅을 왜 인간들이 자기 것이라고 못을 박는지 도통 모르겠다. 무슨 근거로 땅을 개인이 소유하며 또 그것을 가지고 권력을 휘두르는지 도대체 알 수 없다. 세상에 존재하는 모든 것은 땅이나 공중을 자연스럽게 활용할 수 있는 게 아닌가. 그러라고 조물주가 만들어 놓은 게 아닌가. 누가 사람에게 땅을 가질 수 있는 권리를 주었는가. 왜 사람들이 땅을 마음대로 소유하고 분란을 일으키는가. 산속에 굴을 파고 사는 동물도, 하늘을 나는 동물도, 또 물속에 집을 짓고 사는 물고기들도 세상에 금을 그어 내 땅이라 하지 않는다. 사람만 난데없이 내 거네 네 거네 하며 제한해 어깃장을 놓으니 기가 찬다. 그에 더해 자신들이 정한 잣대를 동물들한테까지 들이미니 이 얼마나 가관인가.

땅에 버려져 있는 먹이를 찾아 마당을 어슬렁거린다고 죽일 듯이 난리를 치는 것도 언어도단이다. 땅을 떼어 달라. 먹을 것을 좀 달라. 방을 한 칸 내어 달라고 요구하는 것도 아니고 집 뒤쪽 구석진 곳에 몸을 숨기고 죽은 듯이 살고 있지 않는가. 가끔 버려진 음식이나 주워다 먹으며 비루하게 살아가는데, 어쩌다 눈에 띄면 사악한 돌팔매질에 고함까지 질러대니 포악하기가 도를 넘는다. 돌팔매에 맞아 죽을 뻔한 적도 여러 번 있었다. 뭐 자기 말로는 우리가 마당에 배설물을 아무렇게나 사 놓거나 괴상한 소리를 지르는 게 너무 싫다고 하는데 그깟 배설물 마당과 텃밭에 좀 샀다고 무슨 해가 있는가.

사람들이 배출하는 하고많은 쓰레기들을 생각해 보라. 플라스틱과 비닐, 깡통과 스티로폼, 온갖 해악한 것들 천지다. 환경을 오염시키는 그것들에 비하면 우리 배설물이야 친환경적이고 시간이 흐르면 자연분해 되는 것이다. 그리고 자기들은 자손을 번식하지 않는가. 사람에게 사람의 방식이 있듯 우리는 우리 방식대로 자손을 번식시키는 것이다. 또한 적어도 우리는 도덕적으로 손가락질받을 사랑은 하지 않는다. 온 세상에 까발려 내놓아도 떳떳한 사랑을 하며 자손을 번식시킨다. 그뿐만 아니라 짐이 된다고 갓난쟁이를 내다버리는 따위와 같은 패륜행위도 절대 하지 않는다. 그러니 우리에겐 베이비박스가 필요 없다. 나와 다르다는 것이 틀린 것은 아니라는 의식이 확산되는 추세인데, 큰 집 여자는 글도 쓴다면서 단지 삶의 방식이 다른 타자를 대하는 태도가 영 아니다.

길가에 내놓은 쓰레기통을 뒤져 먹을거리를 구하기도 하지만 우리는 결코 빌어먹지도, 남의 것을 강탈해 먹고 살지도 않는다. 어떤 사람들은 자신이 가지지 못한 것을 가지기 위하여 사람을 죽이기도 하고 남의 곳간을 몰래 털기도 하지 않는가. 비루하긴 해도 우리는 정당한 방법으로 살아간다. 가끔 쓰레기통을 엎어 버리거나 봉투를 뜯어 볼썽사납게 하는 경우도 있지만 사람들이 유독성 물질을 하천이나 강에 몰래 내다 버리는 것에 비하겠는가. 그러니 소소한 이유를 가지고 우리를 학대하는 것은 합당하지 않으며 사람답지 않다.

이 세상은 사람만 사는 게 아니지 않는가. 우리 같은 고양이도 살고 담벼락을 거처로 사는 담쟁이 넝쿨도 살고 가을이면 조롱조롱 홍등을 밝히는 감나무도 살아가고 그 가지 끝에 하나 남은 홍시를 쪼아 먹는 까치도 살아간다. 비록 사람이 땅을 소유할 권리를 가졌다고 백번 양보하자고 치자, 그래도 우리가 땅을 오랜 시간 소유하는 일도 없다. 기껏해야 먹이를 찾으러 나설 때 마당을 잠시 가로질러 지나가는 것뿐이다.

물론 모든 사람이 큰 집에 사는 여자 같이 포악하지 않다. 그런 여자가 주인인 집에 둥지를 튼 것도 우리의 운명이라 생각은 하지만 작은 집에 사는 아줌마 같은 사람이 집 주인이었으면 우리 삶이 한결 편안할 것은 분명하다. 그렇다고 우리가 딱히 이사 갈 만한 곳도 없으니 죽으나 사나 여기서 살아야 하지만 세상에 태어나 공생하는 피조물로 부당한 것은 부당하다고 말하고 싶은 것이다. '감히 고양이 주제에'라고 할지 모르겠지만 고양이 주제지만 부당한 것에 대해서 감히 말하고 싶은 것이다.

무無

관 뚜껑을 닫고 망자와 산자를 가르듯 매정하게 못을 박으면 관은 다시 열리지 않을 것이다. 두레상에 둘러앉아 당신께서 지은 밥을 먹던 방에서 이승에서의 마지막 의례를 치르기 위해 엄마는 관 속에 누워 있었다. 살면서 그렇게 고운 엄마의 모습을 본 적이 없었다. 고운 한복에 예쁜 꽃신을 신고 있었다. 먹고살기에도 빠듯한 삶에 치장할 옷을 마련한다는 것은 꿈도 꿀 수 없던 시절, 몸을 가리는 원시적 기능만으로 옷을 입던 엄마가 생을 놓고서야 새 옷과 새 신발로 몸을 치장한 것이다.

달그락거리던 수저소리에 가족이 함께 있음을 느끼고 세상에서 묻어 온 온갖 걱정과 피로를 모두 풀어 놓아도 흠이 되지 않던 방. 제대로 잡히지 않는 전파에 지지직거리던 텔레비전으로「주말의 명화」와 연속극을 보며 울고 웃던, 가족들의 크고 작은 역사들이 속속들이 배어 있는 그 방을 엄마는 떠나려 하고 있었다.

살아서 가졌던 욕망과 번민을 모두 놓아 버린 엄마의 얼굴은 평화로워 보였다. 엄마가 행복했던 순간들과 엄마를 가슴 아프게 했던 삶의 편린들은 하늘로 올라가 구름이 되었을까. 구름이 되어 하늘을 떠돌다 무료하면 비를 타고 내려 우리 옷깃과 세상을 촉촉이 적실까. 따뜻한 체온으로 수시로 곁에 계시던 엄마는 어디에 계실까.

누군지 알 수 없는 사람이 관 뚜껑에 손을 댔다. 관 뚜껑을 덮으려는 것이었다. 둥글게 자란 보름달을 불러들여 밤늦도록 도란거리던 방도 속으로 우는지 슬픔이 가득 찬 방 안에 다른 것은 끼어들 틈이 없었다. 이미 영혼이 빠져나가 빈집이 되어 버린 육신마저도 영영 볼 수 없는 영원한 이별이 시작되었다.

영별의 마지막 순서로 노잣돈을 드리면서 다시는 볼 수 없는 엄마를 바라보았다. 그리고 가만히 얼굴을 만져 보았다. 영혼은 온기로 존재하는 것일까. 엄마의 살갗은 사별의 슬픔마저 섬뜩하게 느끼게 할 정도로 차가웠다. 주검이 되어 버린 엄마는 이제 캄캄한 땅 밑 어둠 속에서 홀로 사람의 형상을 서서히 지워 갈 것이다.

관 뚜껑이 닫히고 못이 박혔다. 아무 생각도 들지 않았고 세상과 옆에 있는 일가친척들도 그대로였다. 밖은 양력 삼월 쌀쌀한 날씨에 햇빛이 맑았다. 어느 한 곳 무엇 하나 삐뚤어지거나 달라지지 않고 아무 일도 일어나지 않았다. 그러나 여자의 형상으로 우리 앞에 계시던 엄마는 이제 아무 곳에도 없었다.

엄마의 웃음과 눈물, 생전에 가진 꿈들과 번민의 종착지가 결국은 아무것도 없이 사라지는 죽음이었단 말인가. 죽음을 맞이하기 위하여 그리 아웅다웅 살아왔단 말인가. 평생이 순간에 사라지고 누구에게도 두 번이 허용되지 않는 초행길로 엄마는 떠났다. 셀 수 없이 많은 사람들이 앞서갔건만 아무도 모르는 그길로 엄마는 그렇게 가셨다.

세상에는 밟아 보지 못한 아름다운 곳이 수두룩하고 경험해 보고 싶은 것들도 많았지만, 두 개의 방이 있는 집과 그 집을 품은 마을이 우리에겐 세상의 전부였다. 가고 싶은 곳도 많고 하고 싶은 것도 많았으나 의식주 해결이 인생의 전부처럼 살 수밖에 없었던 때였으니 여행이란 꿈도 꿀 수 없는 호사로운 상상에 불과했다.

살아서 여행을 하지 못한 사람은 죽어서 뱀이 된다고 생전의 엄마는 말씀하셨다. 제대로 된 여행 한 번 해 본 적 없는 엄마는 정말 뱀이 되어 인적 없는 이 산 저 산, 이들 저들을 온몸으로 헤매고 다니실까. 아니면 이승에서는 알 수 없는 어디쯤에서 여행을 즐기고 계실까. 오래전 엄마의 곁을 떠나신 엄마의 엄마와 아버지, 그리고 예전에 이승을 떠난 사람들과도 만났을까.

겨울날, 마당가의 나무들이 바람의 채찍을 맞으며 서럽게 울부짖고 덜커덩덜커덩 창들이 잠 못 들어 하는 밤이면 사람의 언어를 잃어버린 엄마가 말을 걸어오는 게 아닌가 하는 생각이 든 때도 있다. 캄캄한 흙 속에서도 피붙이에 대한 사랑이 세월 따라 썩지를 못해 바람이 되어 달려와 말을 하는 건지도 모른다고 생각했다. 그러나 그건 살아 있는 사람의 생각이거나 상상일 뿐, 엄마의 형상은 이 세상 어디에도 없다.

죽음은 세월과 함께 망자의 모든 것도 무화시켜 버린다. 망자에 대한 기억마저 시간에 풍화되고 나마저 죽으면 남는 것은 아무것도 없다. 갖가지 형상을 입고 세상에 존재하는 것들, 지금 눈에 선명히 보인다고 실재하는 것처럼 보이지만 끝내는 무無라는 것을 죽음은 증명해 보인다.

혈육의 죽음을 겪으면서 무 속에서 무를 입고 무에 대해 아옹다옹 다투며 무를 견디는 게 인생임을 생각한다.

구슬이 서 말이다

집 근처에는 헬스장이 여럿 있다. 그 가운데 하나가 시에서 운영하는 곳인데, 지역 주민들에게는 사용하는 요금을 깎아 준다. 가격이 싸니 자연 사람들이 많이 온다. 시설이 오래되어 좀 낡았으나 운동을 하는 데 필요한 것은 다 갖춰져 있다. 규모도 웬만한 유명 스포츠시설만큼 크고 기구도 다양하다. 사람들이 많이 모여 있는 아파트 단지로 구성된 동네다 보니 시설을 사용하는 사람들도 적지가 않다. 그러나 인근 아파트 단지에 살고 있는 사람 수로 보면 아주 적은 숫자라 할 수 있다.

평양 감사도 제 하기 싫으면 그만이라지만 조금만 노력하여 시설을 즐겨 사용하면 몸에 좋을 뿐만 아니라 생활도 탄력이 생기니 누이 좋고 매부 좋은 경우라 하겠다. 내가 운동을 시작한 지도 벌써 십팔 년째다. 짧은 기간이 아니다. 물론 종종 나태해지는 경우가 있어 간혹 쉴 때도 있었지만 지속적으로 하다 보니 이제는 삶의 일부가 되어 운동을 하지 않으면 오히려 이상하다. 좋게 말하면 습관으로 몸에 밴 게고 나쁘게 말하면 중독이다. 표현이야 어쨌든 운동을 한 만큼 체력은 좋아졌고 체형도 바람직하게 바뀌었다.

그런데 가만히 보면 운동도 하는 사람만 한다. 거의 매일 운동을 하러 가지만 보이는 사람들은 매일 보는 얼굴들이다. 새로 온 얼굴이 보일 때도 있지만 오래가지 않는다. 기분으로 왔다 별로다 싶어 그냥 끝내 버리는 것이다. 선천적으로 타고난 사람을 제외하고 건강은 그저 주어지는 게 아니다. 더구나 유연성이 떨어지고 체력이 약해지는 중년을 넘어서면서부터는 관리를 하는 게 무엇보다 중요할 것이다. 그런데 집 주변에 좋은 체력 단련장이 있건만 유용하게 사용하지를 않으니 안타깝다.

요즘은 지역마다 주민들을 위한 값이 싼 다양한 문화강좌도 많이 있다. 그곳 역시 늘 배우러 오는 사람만 배운다. 시간적 여유가 있어도 관심을 가지지 않는 사람들이 많다. 이유는 다양하다. 혼자 가기가 뭐해서, 뒤늦게 배워서 뭐하게, 이 사람 저 사람 모여 구설수에 오르내리는 게 싫어서 등 각자 할 말이 있다. 각각의 이유를 들어 보면 한편 이해도 되지만 그래도 좋은 강좌와 좋은 체력 단련 시설을 집 옆에 두고도 사용하지 않는 이웃들을 보면 안타깝다.

지금 사는 곳으로 이사하기 전에 살던 곳은 한동안 헬스장이 없었다. 해서 그때는 시내버스를 타고 인근 김해까지 운동을 하러 다니기도 했다. 그러다 가까운 곳에 있는 체육관 안에 헬스장이 생기면서 훨씬 수월하게 운동을 할 수 있었지만 그곳도 집과는 제법 떨어진 곳에 있었다. 그때에 비하면 지금은 집에서 엎어지면 코앞에 운동을 할 수 있는 곳이 있으니 얼마나 편한지 모른다. 아주 가까이는 아파트에서 엘리베이터를 타고 지하로 내려가기만 하면 바로 연결된 헬스장도 있다. 마음먹기 나름이다. 조금만 노력하면 얼마든지 자신의 건강을 관리하는 데 도움을 받을 수 있다.

짬을 낼 수 없는 사람들이야 어쩔 수 없지만 여가가 제법 있는 데도 자신을 위한 노력을 하지 않으면서 무료하다는 사람을 적지 않게 본다. 그럴 때마다 운동이며 새로운 것을 배울 수 있는 곳을 추천하지만 쇠귀에 경 읽기다. 구슬이 서 말이라도 꿰어야 보배가 된다 했다. 주민들을 위하여 자치단체에서 양질의 혜택을 누릴 수 있는 좋은 시설을 지어 싼 가격으로 개방해 둬도 이용하지 않으면 자신에게 무용지물이다.

평소 대해 본 적 없는 낯선 장소라 선뜻 나서지지 않더라도 일단 한 번만 가 보면 다음은 다가가기가 좀 쉽다. 그러나 그게 다가 아니다. 삶이 기분으로 되는 게 아니듯 운동이나 무엇을 배우는 것도 한두 번의 기분만으로는 할 수 없다. 처음의 설렘과 기대는 하루 이틀이 지나면서 시들해진다. 그럴 때 주저앉아 버리면 안 된다. 억지로라도 계속 이어 가다 보면 어느 날에는 그것을 하지 않은 것에 오히려 찜찜한 기분을 느끼게 된다. 세상이 좋아져 굳이 애써 찾지 않아도 조금만 관심과 노력을 기울이면 주위에 널려 있는 구슬이 제법 많다. 힘들여 찾고 어렵게 유지해야만 했던 배고팠던 시절을 생각하면 얼마만한 호사인가. 호사가 널려 오히려 덤덤하기까지 한 시대다.

좋은 일은 뒤로 미룰 까닭이 없다. 양질의 서비스를 마련해 놓고 어느 누구라도 언제든 오라고 문을 활짝 열어 두고 기다리고 있는 곳으로 가 보는 게 보배를 만들기 위해 구슬을 꿰는 첫 걸음이다. 색색의 예쁜 구슬들, 하나하나 꾸준히 꿰다 보면 어느 날 나만의 예쁜 보배가 되어 있을 것이다.

함께 살다

한 달 전, 작은아이가 헬스장에 회원 등록을 했다. 아들과 달리 나는 운동을 한 지가 제법 오래되었다. 그래서 운동의 좋은 점을 알고 있기에 이왕 시작하려면 처음부터 정확하게 배우는 게 지름길이라며 개인교습권도 신청하도록 했다. 그런데 등록 기간이 최소 3개월 이상이란다. 헬스장에서 회원들로부터 수개 월간의 등록비를 받고는 잠적을 해 버리거나 부도가 나서 이미 지불한 회비를 돌려받지 못한다는 소식을 뉴스를 통해 가끔 본다. 그렇게 되면 그 피해는 고스란히 회원들이 입어야 한다. 3개월 이상이라는 이야기가 영 꺼림칙했다. 내가 다니는 곳은 지자체에서 운영하는 것이라 한 달 간격으로 등록을 하게 되어 있다. 아이는 내가 다니는 곳은 싫다고 하니 꺼림칙해도 어쩔 수 없이 등록을 하기로 했다.

설마 부도가 나거나 업주가 먹고 튀는 일은 없겠지. 기간이 길고 비용도 적지 않으니 만에 하나 좋지 않은 상황도 염려가 되는 것이었다. 그러나 그런 건 매스컴 속 세상에서나 일어나는 일이지 내가 사는 주변에서는 일어날 것 같지 않은 일들로 생각되었다. 그리고 헬스장의 규칙이니 싫어도 어쩔 수 없이 가장 짧은 3개월짜리로 신청을 하고 비용을 지불했다.

평양감사도 저 하기 싫으면 하지 않는다고 그렇게 운동을 권해도 하지 않던 녀석이 웬일로 스스로 등록을 하고 난 후 열심히 운동을 하러 다녔다. 저 좋아 시작했으니 운동 가라 마라 잔소리하지 않아도 때 되면 알아서 가니 역시나 뭐든 신명이 나면 절로 되는 것이라는 말을 절실히 느낀다. 맞춤식 운동과 트레이너가 짜 준 식단에 맞춰 음식도 골고루 적당량 먹으니 몸에 나타나는 변화가 눈에 보인다. 백문이 불여일견이라고, 몸에 찾아오는 변화를 제 눈으로 직접 확인하니 아이는 점점 운동에 재미를 붙여 갔다. 그렇게 한 달이 지난 어느 날, 휴대폰으로 문자가 왔다.

회원님, 안녕하세요. 저희 센터가 파산신청을 하게 되었고 그로 인해 영업을 못하게 되었습니다. 저희 직원들도 급여가 밀린 상태에서 오늘 갑작스럽게 이런 불미스러운 소식을 접하게 되었습니다. 죄송하지만 오셔서 개인 물품을 찾아가시는 방법 말고 다른 방법은 도와드릴 게 없을 듯합니다. 죄송합니다.

살면서 이런 일은 누구라도 당할 수 있지만 좀처럼 당하기도 쉽지 않은 일이다. 그런데 거짓말처럼 매스컴에서나 듣던 일이 실제로 벌어진 것이다. 억울하고 분한 마음에 바로 전화를 했다. 도대체 이게 무슨 일이며 이미 회비를 지불한 회원은 어떻게 되냐고 물었다. 전화를 받은 직원은 자신들도 월급조차 못 받은 상황이고 이미 기구며 자산가치가 있는 것은 채권자들에 의해 손댈 수 없게 되었단다. 게다가 업주마저 스스로 목숨을 끊어 버려 도저히 회생할 방법이 없단다.

내 잘못이 아니더라도 상대 쪽에 부도가 나면 방법이 없다는 것을 수십 년 사업을 하며 잘 알기에 이미 지불한 적지 않은 비용은 떼이기 십상이라 생각했다. 그러나 금전적 손해도 손해지만 그보다 더 좌절이 되는 건 이제 한창 운동에 재미를 붙이고 있는 아이가 여기서 운동을 멈추어 버리는 건 아닐지 그게 더 우려되었다. 어이없고 뭐라 말할 수 없이 기분이 나빴지만 잊어버리기로 하고 아이를 위로했다. 부도가 난 헬스장은 규모도 크고 위치도 좋으며 근처에서는 제일 좋은 인지도 높은 곳이었다. 다시 이곳저곳을 돌며 몇 군데의 헬스장을 둘러본 후 시설이 좀 나은 곳에 새로 등록을 했다. 그러나 신이 나서 막 흥미를 들이고 있던 아이는 리듬을 잃어 한동안 축 처졌다. 다행히 시간이 지나며 다시 활기를 찾아 지금은 새로 등록한 곳에도 잘 다니고 있다.

며칠 전에는 큰아이도 작은아이가 다니는 헬스장에 등록을 했다. 아이와 함께 등록을 할 때 입에서 자연스럽게 나오는 말이 좀 싸게 해 달라는 말이었다. 우리나라 사람들은 물건을 살 때는 깎는 맛이 있어야 된다는 습관을 무의식중에 가지고 있다. 더불어 파는 사람은 덤을 얹어 주어야 좋은 소리를 듣고, 또 가격을 깎지 않고 사면 바가지를 쓰거나 손해를 본 듯한 느낌을 받곤 한다. 그러나 시대는 많이 바뀌었고 우리나라도 이제는 신용사회로 변화해 가고 있다. 합리적으로 책정된 가격은 깎으려 하지 말고 지불하는 경제 개념을 가졌으면 하는 생각을 이번 기회에 해 본다.

부도가 난 헬스장은 내가 사는 동네에서 가장 크고 고급스러우며 분위기도 좋았던 곳이다. 사람들은 너나없이 좋은 시설과 양질의 서비스를 받을 수 있는 곳을 좋아한다. 그러면서 비용은 또 저렴하기를 원한다. 좋은 시설과 양질의 서비스를 받기를 원하면 그에 합당한 비용을 지불해야 마땅할 게다. 최상을 요구하면서 대가는 최소를 지불하려는 비합리적 의식을 가진 이용자들이 많다 보면 업체가 영업을 못하게 하는 원인을 제공하는 결과를 초래할 수도 있다. 헬스장이 부도가 난 것은 업주의 경영 실패인 동시에 좋은 시설을 이용하지 못하는 소비자의 손실이기도 하다. 헬스장의 폐쇄는 소비자의 불편이 되고 어떤 면에서는 삶의 질을 떨어뜨리는 결과를 가져오기도 한다. 세상 모든 존재는 어떤 형태로든 유기적 관계를 유지하며 공생하는 구조 속에서 살아간다.

헬스장에 있는 운동 기구들은 결코 값이 싼 물건들이 아니다. 비싼 기구를 구입하는 것은 물론이거니와 시설을 유지 운영하는데 드는 비용과 건물 임대료 등도 만만찮을 것이다. 어림으로 계산해 봐도 많은 회원들을 확보하지 않으면 유지 자체도 힘들겠다는 답이 나온다. 업주들도 논 팔아 봉사하는 사람들이 아닐뿐더러 한 가정의 경제를 책임지고 건사하는 근로인인 만큼 그에 합당한 이윤을 추구함은 자명한 노릇이다. 몇 개월 단위로 회원 등록을 받는 것도 최소한의 사업 유지를 위한 방책의 하나라고 한다. 시설도 좋고 기구도 좋으며 좀 더 쾌적하고 고급스러운 서비스를 원한다면 그에 합당한 비용을 지불하는 것을 아까워하지 않는 경제 문화가 정립되었으면 좋겠다는 생각을 해 본다.

큰아이의 등록비를 싸게 해 달라는 말을 이내 취소했다.

벽

현관문을 열고 들어오니 모든 긴장이 비로소 스르르 풀린다. 일거수일투족이 누구의 시선도 간섭도 받지 않게 되었다. 딱 꼬집어 아픈 데는 없지만 유독 몸이 찌뿌듯한 날이 있다. 그런 날은 만사가 귀찮아 옷매무새도 아무렇게나 내버려 둔다. 몸 상태가 좋지 않을 때는 얼굴에도 영락없이 표가 나기 마련이라 사람을 만나도 별 흥이 나지 않고 어서 집에 가서 무거운 육신을 바닥에 내려 쉬고 싶은 생각만 가득하다.

언제 어디서 누구를 만나 무엇을 하더라도 기왕이면 밝은 표정이 좋다. 웃는 얼굴은 본인도 본인이지만 바라보는 상대에게도 싱그러운 삶의 에너지를 나누어 준다. 그래서 이런저런 까닭으로 얼굴이 어두울 때는 타인의 시선을 외면하고 싶다. 타인의 시선을 차단시켜 주는 확실한 물리적 장치는 벽이다. 벽은 완벽하게 타인을 차단시킨다. 몸이 찌뿌듯하거나 아플 때는 벽으로 둘러싸인 집에서 밖으로 나가기가 싫다. 타인은 나라는 실체와 존재 가치를 각인시켜 주는 대상이지만 동시에 나라는 존립을 흔드는 적과 같은 존재로 다가오기도 한다.

타인을 거론한 대표적인 사람으로 사르트르와 레비나스를 들 수 있다. 잘 알려져 있듯 사르트르는 타인에 대한 관점이 부정적이고, 레비나스는 타인이야말로 나라는 주체를 성립시키는 존재로 없어서는 안 될 관점으로 보고 있다. 나아가 레비나스는 타인(타자)의 얼굴의 나타남(현현)은 신의 나타남이고 신과 관계 맺는 유일한 방법은 인간 얼굴(타인)의 요청에 응답하는 것이라고 했다. 레비나스적 관점은 지극히 이타적 사고방식이며 긍정적이긴 하나 현실에서 실현하기는 쉽지 않다. 오히려 현대인들이 타인에 대해 일반적으로 느끼게 되는 감정은 사르트르적 관점에 가까울 것이다.

동행보다는 질주, 배려보다는 경쟁, 평등보다는 최고를 지향하는 속성을 가지고 있는 게 현대 사회의 민낯이다. 이런 본성을 가진 사회는 타인에 대해 경계의 눈빛을 쉽게 거두지 않는다. 사르트르는 타인의 시선을 열쇠구멍을 통해 옷 벗는 여인을 훔쳐보는 남자라고 비유한다. 여인이 옷을 벗는 행위는 아주 은밀한 행동으로 누구의 시선도 없는 곳에서 이루어진다. 타인이 그런 모습을 열쇠구멍을 통해 보는 사람이라니, 생각만 해도 섬뜩하지 않은가. 그것도 남자라니. 사람을 만나거나 볼일을 위해 외출을 할 때도 얼굴이며 매무새에 각별히 신경을 쓰는 것도 타인의 시선 때문이니 우리는 늘 타인의 시선에서 자유로울 수 없다.

하지만 집 안에서는 타인의 시선에서 자유로울 수 있다. 화장하지 않은 민낯이어도 신경이 쓰이지 않고 팔꿈치와 무릎이 늘어난 옷을 입고 있어도 마음이 편하다. 세수를 안 하고 양치하지 않은 이에 고춧가루를 끼고 있다 한들 누가 뭐랄 사람이 없다. 조금 전에 갈아입은 옷이 제자리를 찾아가지 못해 바닥에서 뱀 허물처럼 뒹굴어도, 음식을 먹고 난 빈 그릇이 식탁 위에 그대로 있어도 긴장하지 않아도 된다. 집은 나라는 존재를 위한 철옹성이다.

네모난 벽으로 둘러싸여 있는 집. 보통 벽이라 하면 관계와 관계를 차단하는 부정적인 이미지를 떠올리게 한다. 그렇다. 어쩌면 세상의 모든 관계는 벽에 의해서 만들어지고 벽에 의해서 차단되는지도 모른다. 그러나 동시에 벽은 관계를 만들고 관계의 평형 또한 유지시킨다. 벽은 차단의 기능을 하고 동시에 보이고 싶지 않은 것을 가려 주는 역할도 한다. 벽이 있어 옷을 벗고 몸을 씻고 화장실에 앉아 시원하게 용변을 볼 수 있다. 집 안에서도 벽이 없다면 먹고 자고 배설하는 행위를 어찌 마음 놓고 할 수 있겠는가.

오늘은 아침부터 몸 상태가 별로였다. 해서 모임이 있는 날이지만 외출이 썩 내키지 않았다. 사람들을 만나면 아파도 아프지 않은 척해야 하고 웃고 싶지 않아도 함께 웃고 떠들어야 한다. 하지만 몸 상태가 찌뿌듯하니 당연히 사람들을 만나도 흥이 나지 않고 부석한 얼굴을 보이는 것도 싫었다. 그러니 모임 내내 어서 끝이나 집으로 돌아가고 싶은 생각뿐이었다.

네모난 벽으로 둘러싸인 집의 현관문을 열고 들어와 거실에 핸드백을 아무렇게나 내던지고서야 비로소 마음이 놓인다. 피곤하고 무거운 몸을 소파에 누인다. '휴' 하고 깊은 숨을 내 쉬니 참으로 편하다. 긴장은 육체를 마른 장작처럼 딱딱하게 만들어 혈과 기의 순환이 원활하게 흐르는 것을 방해한다. 외출하며 온몸에 들었던 긴장들이 굴뚝을 타고 오르는 연기처럼 사라지니 마음도 말랑말랑해진다. 타인이 원하는 표정이 아닌 몸이 원하는 표정으로 있을 수 있으니 얼굴도 편안하다.

집을 이루는 벽. 만리장성이나 우리나라 여러 산성의 돌벽들처럼 벽은 적을 막아내고 비와 바람을 막아주며 또 부끄러움도 막아 준다. 지상의 가장 적은 자리를 마련하여 지은 공간인 집, 벽은 집을 안방과 작은방, 부엌과 거실, 서재와 화장실 등으로 나누어 다양한 활동을 가능하게 해 준다. 가족도 귀찮고 오로지 나로만 실존하고 싶은 순간엔 방문을 닫고 나의 방으로 들어간다. 나의 존엄이 나로서만 존재하는 곳. 벽이 만들어 준 공간이다.

설화를 듣다

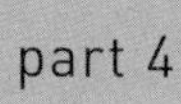

part 4

설화를 듣다

색색의 천들이 마당 가득 널려 있었다. 바람에 몸을 맡기고 무념처럼 펄럭이는 천들, 꼭 난민촌 천막 같다고 생각했는데 찬찬히 보니 만장이 떠올랐다. 죽은 이를 애도하는 글을 온몸에 새기고 상여 뒤를 따르며 인생무상을 나부끼는 만장.

저 많은 천들에 색을 입히기 위해 얼마나 많은 감과 쪽, 꼭두서니 들이 사용되었을까. 떫은 감은 팔월 중순부터 따졌을 것이며 잎을 짓찧어 물감을 얻는 쪽은 셀 수 없이 많은 이파리들이 원나라로 끌려가던 공녀 같은 수난을 겪었을 것이다. 뿌리로 색감을 얻는다는 꼭두서니 또한 마찬가지였을 게다.

흙에서의 명을 다 누리지 못하고 하얀 천의 몸에 스미어 색으로 환생한 혼들. 무명이나 광목 같은 무채색 천들이 유색의 물감을 흠뻑 들이마시고 새로운 색으로 변신할 수 있었던 것은 채 익어 보지 못하고 따진 감과 쪽, 꼭두서니들을 품을 수 있었기 때문이다. 빨랫줄에 널려 펄럭이는 천들을 보며 만장을 떠올린 건 그 때문이었나 보다.

떫은 감은 주전부리가 태부족이던 어린 시절에 먹을거리 노릇을 톡톡히 해 주었다. 감꽃으로 만든 목걸이를 목에 걸고 다니며 하나씩 빼어 먹기도 하고 여름 들어 태풍 분 다음 날은 어김없이 나무에서 두둑두둑 떨어진 풋감을 주워 와 소금물에 삭혀 먹었다. 감과 달리 쪽과 꼭두서니는 어떻게 생겼는지 통 알지 못해 천을 보는 내내 궁금하였다.

은근한 색을 입은 천들이 펄럭이는 오른쪽에 원목을 섞어 지은 멋진 집이 눈에 띄어 가까이 가 보았는데 사람의 기척이 없었다. 자세히 보니 펄럭이는 천들 사이에 사람들이 보였다. 그들에게 공방을 구경하러 왔다고 하자, 패널로 지은 창고 같은 커다란 건물을 손가락으로 가리키며 그곳에 주인이 있다 하였다. 가까이 다가가자 역한 냄새가 강하게 풍겨 나오고, 안에서는 공방의 주인인 듯한 남자가 커다란 플라스틱 통 옆에서 작업을 하고 있었다. 나중에 알고 보니 플라스틱 통 속에는 채집한 식물에서 짜낸 염색물들이 담겨 있었다.

우리가 찾아온 연유를 이야기하자 작업 중이니 잠시 기다리는 동안 염색되어 있는 천이나 구경하라며 창고 한쪽에 있는 방을 가리켰다. 갈색과 쪽색을 비롯한 온갖 색으로 짙고 엷게 또는 불규칙하게 물을 들인, 고급스러워 보이는 천들이 벽을 지지대 삼아 이쪽저쪽에 쌓여 있었다.

어떤 모양으로 마름질되어 대처로 나갈지 모르지만 옷을 지어 입으면 잠자리 날개 스치는 소리가 날 것 같은 느낌이 들 정도로 고왔다. 방 안 가득 햇빛 냄새, 바람 냄새, 놀에 젖은 하늘 냄새가 나는 듯했다. 옷감을 마름질할 줄은커녕 바느질하는 것도 끔찍하게 싫어하지만 고운 천을 보고 있으니 한 번쯤은 옷을 짓는 다소곳한 여인네가 되어도 좋겠다는 생각이 들었다.

잠시 후, 작업이 끝났으니 완제품을 보러 가자며 조금 전에 보았던 집을 향해 주인이 앞장을 섰다. 역한 냄새는 감물이 발효되면서 내는 냄새라 했다. 감물에서 소금같이 짠 냄새가 날줄이야. 세상에 모르는 것 지천이다. 천연염색하면 자연스럽고 고상한 것만 떠올렸는데 물을 들이는 작업이 쉬운 일이 아니라고 그 냄새가 속삭거리고 있었다.

바깥보다 더 멋진 구조의 집 안으로 들어가니 의류와 침구류를 비롯한 생활용품들이 입을 절로 벌리게 했다. 진열 공간을 별도로 두지 않고 집 안 곳곳에 놓아 둔 그것은 상품이 아니라 작품이었다. 예사 집과는 다른 구조에 자연 소재를 그대로 살린 집 내부를 구경하는 것도 덤으로 받은 눈의 호사였다. 무엇보다 가장 진하게 마음에 와 닿는 것은 자연으로 빚은 작품들이 뿜어내는 친근함이었다.

그 친근함이 보는 사람을 편안하게 하고 절로 정이 들게 하는 이야기를 속삭이고 있었다. 거칠지만 거부감을 주지 않고, 눈에 확 띄지 않으면서도 지긋이 시선을 사로잡는 이야기. 오래전부터 잘 알고 있는, 형상은 달라도 이승에 존재하는 유한자들이 겪을 수밖에 없는 비애나 아름다움을 곰삭힌 옛날이야기 같은 그런 것이었다.

세상에 존재하는 모든 것에 의미 없는 게 없다지만 한갓 들풀로 불리었을 것들이 빚어낸 흉내 낼 수 없는 색깔들. 새삼 존재하는 뭇 생명의 경이가 느껴졌다. 많은 이의 관심을 받아 본 적은 없을지라도 그들만이 부르고 품고, 다듬고 흔들었을 수많은 해와 달, 별, 그리고 홀로 겪었을 자연의 크고 작은 몸짓들. 끝내는 물감으로 짜여 인고의 시간을 보낸 후 햇볕과 바람에 말리고 말려져서 비로소 도달한 평안. 그들의 언어는 알 수 없지만 그들의 이야기는 누구나 친근하게 들을 수 있다.

사람의 참견과 간섭, 지도나 관심도 받지 않고 산에서 들에서 오로지 저희들끼리 살고 죽어서 색으로 환생한 그들이 들려주는 이야기는 또 다른 세계의 설화였다. 봄나들이를 겸한 염색공방

〈꼭두서니〉에서 지금까지 들어 본 적 없는 설화를 들은 연둣빛 하루였다.

광복

사람을 무는 것들을 떠올리면 지금도 몸서리가 쳐지고 징글징글하다. 해충들은 사람이 사는 곳을 기가 막히게 알아낸다. 음식 냄새를 맡고 귀신같이 날아드는 똥파리들처럼 대체 어디 숨어 있다가 나타나는지 모르겠다. 내 집에서 자기 집처럼 버젓이 함께 기거하며 음식도 같이 먹으려 한다. 옛날에야 생활환경이 지금과 많이 달라서 그렇다지만 아직도 집요하게 사람 근처를 떠나지 않고 둥지를 트는 해충들은 여전하다. 머리카락 속이나 옷 속에 숨어 살며 피를 빨아먹던 이라는 녀석들은 거의 사라졌지만 파리나 모기는 아직도 사람 근처를 떠나지 않는다.

어렸을 때야 모두가 시골 생활을 하는 시대여서 너나없이 여름이면 파리나 모기들에 노출되어 살았다. 세월이 바뀌어 시골이

도시화되고 주택도 아파트로 바뀌면서 모기들은 예전에 비해 그 숫자가 많이 줄었다. 지금은 내 집이 있고 없고를 떠나 많은 사람들이 아파트 생활을 한다. 아파트에서는 단독 주거지와는 달리 정기적으로 방역을 하고 주위 환경도 위생적으로 관리를 하니 모기가 있어도 예전처럼 많지가 않다. 그러나 나는 어른이 되고 나서도 복잡한 도시가 아닌 시골 가까운 곳에 지은 단독 주택에서 살았다. 집 주위에 나무와 풀이 있는 곳에 살면 초여름부터 보이기 시작하는 파리와 모기로부터 고통을 당할 수밖에 없다. 그나마 파리는 사람을 물지 않으니 좀 나았지만, 피를 먹고 사는 모기로부터 받는 고통은 말로 다 표현하기가 싫다.

흙과 자갈을 밟을 수 있는 마당이 있고 아침이면 새소리를 들을 수 있는 집. 텃밭에는 채마들이 소소하게 자라고 감나무와 매실나무에 수십 년도 지난 커다란 벚나무가 대문을 우람하게 지키는 집은 계절마다 겉옷을 갈아입는 멋쟁이 집이었다. 봄이 되어 벚꽃이 대문을 뒤덮으면 여러 종의 꽃들이 앞서거니 뒤서거니 피어나 시도 때도 없이 가슴을 흔들어 댔고 향기로 주고받는 꽃들의 이야기를 들을 때는 마당에 있는 큰 돌이 편히 앉으라고 등을 내어주었다. 마음씨 좋은 돌을 타고앉아 따사로운 햇살을 받기도 하고 때로는 달과 별이 반짝이는 하늘을 자주 올려다보기도 했다. 꽃을 핑계 삼아 오랫동안 안부가 뜸하던 사람을 불러 꼭꼭 묶여 있던 정담을 풀기도 하고 단풍 들면 또 만나자는 둥근 약속을 빚기도 했다.

그러나 꽃 피는 시절이 길지 않듯 유월로 접어들면 생각하기도 싫은 모기가 한두 마리 보이기 시작한다. 꽃 타령에 온몸의 혈관들이 낭창낭창 부드러워질 무렵, 녀석들은 기다렸다는 듯이 나타나기 시작한다. 더위도 더위지만 여름은 무엇보다 모기가 최대의 골칫거리였다. 초여름부터 나타난 녀석들은 징글징글하게도 초겨울까지 사람을 못살게 굴었다. 현관문과 창에는 빈틈없는 방충망을 덧대고 철통같이 신경을 써도 어떻게 들어오는지 집 안 곳곳에 들어와 있다.

싱크대 앞에 서서 설거지를 하거나 음식을 만들 때는 손이 갈 수 없다는 곳이 라는 것을 알고 있듯 다리에 붙어 피를 빨고 빨래를 개키거나 텔레비전을 볼 때는 어김없이 등이나 어깨 같이 시선에서 멀리 벗어난 곳을 물어뜯었다. 집 밖은 더했다. 현관문을 열고 나가는 그 순간, 사방에서 모기들이 달려든다. 마당에서는 절대 가만히 서 있으면 안 된다. 잠시라도 움직임 없이 가만히 있으면 온몸에 모기들이 달라붙는다. 팔다리를 연신 흔들며 몸을 움직이지 않으면 금세 모기들에게 몸을 물어뜯긴다.

여차하면 모기약을 뿌려 대는 것도 할 짓 아니고 초겨울까지 거추장스럽게 쳐야 하는 모기장도 정말 치기 귀찮았다. 시도 때도 없이 물린 곳을 벅벅 긁어 대야 하는 것도 볼썽사납기 그지없었다. 그뿐이 아니다. 젊어서는 피부에 난 상처도 하루 이틀이면 아물었는데 나이가 들어서인지 언제부턴가 모기에게 한 번 물린 곳이 하루 이틀이 지나도 사그라지지 않고 오랫동안 보기 흉하게 남아 있는 것이다. 적어도 일 년에 절반이란 기간을 모기 때문에 고통을 겪고 살 수밖에 없던 시절이었다.

더 이해할 수 없는 것은 이상하게도 유별나게 나만 모기에게 많이 물리는 것이다. 가족이 함께 있어도 나만 있으면 다른 사람은 거의 물리지 않았다. 텔레비전에서 모기가 잘 물리는 사람은 땀 냄새가 나든지 몸을 청결히 하지 않아 모기가 체취를 쉽게 맡아서 그렇다고 했다. 그러나 그것도 아니었다. 나는 거의 매일 운동을 하고 몸을 씻는다. 금방 몸을 씻고 나와도 아직 씻지 않은 가족보다 나에게 달라붙어 피를 빤다. 그러니 앉으나 서나 여기 있든 저기 있든 모기에게 시달리는 게 얼마나 고통스럽겠는가. 어떤 이는 도시에 칸칸이 지어진 아파트가 성냥갑 같고 닭장 같아 싫다 하지만 나는 모든 걸 제쳐 두고 아파트로 이사 가서 모기로부터 벗어나고 싶었다. 아니, 해방되고 싶었다. 그 길만이 모기에게서 해방되는 방법인 것이라 생각했다.

그러던 가운데 2015년 3월 12일, 오십을 훨씬 넘기고 드디어 그 징글징글하던 물것에서 해방이 되는 날이 왔다. 원하고 원하던 아파트로 이사를 한 것이다. 아파트에는 정말 모기가 없을까. 들리는 이야기에 의하면, 많지는 않지만 아파트에도 모기가 있다 했다. 그래 봤자 시골만큼 하랴 하는 생각으로 여름을 맞았다. 조금은 불안한 마음으로 여름이 맞았는데 거짓말처럼 한 마리도 없었다. 모기가 말이야, 모기가 없다니, 남들은 이해 못 하겠지만 내 인생에 이건 일본에게 빼겼던 나라를 되찾은 광복에 비길 만큼 커다란 사건이다.

지긋지긋한 모기로부터 해방이 된 게다. 맨다리와 팔을 내놓고도 마음 놓고 싱크대 앞에 서서 설거지를 할 수 있고 그 거추장스러운 모기장을 치지 않고도 단잠을 잘 수 있게 된 것이다. 살다 보면 좋은 날도 온다고, 어떤 이는 그깟 모기한테서 벗어난 게 뭐 대수냐 할지 모르지만 나에겐 정말 이보다 더 큰일도 없다. 일 년에 반년을 모기에게 끔찍하게 물리며 살지 않은 사람은 모른다. 2015년 3월 12일, 이날은 모기들에게 물리며 살던 어두운 시절에서 벗어나 빛을 되찾은 나만의 광복절이다.

산책

북반구의 시월 말경, 태양의 강도가 여름에 비해 확연히 꺾였다. 아침 바닷가를 산책하기엔 더없이 좋은 날씨다. 그러나 추위를 많이 타는 사람이라면 긴팔 옷을 입어야 할 때다. 태양의 강도가 낮으니 조도 또한 낮게 느껴진다. 그것은 비단 태양빛의 세기 때문만은 아니다. 한창 단풍이 든 산책길 옆 나무들과 낮게 엎드려 있는 여린 아침 안개 때문이기도 하다. 조금은 이른 시간이라서인지 바닷가 산책로에는 사람들이 드문드문하다. 제법 쌀쌀해진 기온 탓에 대부분의 사람들이 긴팔 옷을 입었다. 나는 워낙 더위를 타다 보니 혼자 짧은팔 차림의 옷이다. 아직 체열이 데워지지 않아 맨살에 닿는 대기가 조금은 살랑하지만 이내 몸이 달아오를 것이다.

이 고장 바닷가는 정말 아름답다. 이름이 바다지, 하늘과 바다가 구분되지 않는 수평선 말고는 아무것도 안 보이는 망망대해가 아니다. 주위에는 산이 둘러져 있고 작은 섬과 크고 작은 등들도 즐비하여 푸근한 엄마 치마폭 같은 바다다. 강과 바다가 만나는 어귀다 보니 얕은 수심에 저만치 초목을 품은 등들은 물이 빠지면 바지를 걷어 올리고 걸어가도 될 것 같아 보인다. 건너편 언덕에 보이는 빌딩 군락지인 아파트도, 강 이쪽저쪽을 잇는 을숙도대교도, 천천히 먹이를 찾아 물속을 거닐고 있는 철새와 함께 이 고장을 아름답게 꾸며놓고 있다. 함께해서 아름다운 풍경, 곧 자연과 인간이 협연으로 만들어 내는 하모니다.

길가에 피어 있는 키 작은 코스모스들이 아침을 준비하고 있는지 미풍에 맞춰 작은 몸짓으로 움직이고 있다. 평생 풍찬노숙하면서도 묵묵히 살아가는 자연의 안부를 듣고 그냥 가는 것은 도리가 아니다. 허리를 숙여 자세히 바라보면 풀숲에는 작은 벌레들도 분주히 움직이고 있는 것을 볼 수 있다. 살아 있는 것이라면 피할 수 없는 노동, 생명 있는 모든 것들이 아침을 맞아 자신만의 몸짓으로 하루를 준비하고 있다. 그 순간을 지켜보는 듯 바람도 조용하다. 지금 잠자리에 누워 있는 이들은 날마다 되풀이되고 있는 이 작은 기적을 경험하지 못하니 안타깝다. 대마등의 푸른 나무들아, 반갑다. 방파제 테트라포드도 눈에 익어 을숙도 갈대와 함께 바닷가의 의젓한 가족이니 말하지 않아도 마음이 통한다.

이렇게 좋은 곳에 살게 된 것도 분명 축복이다. 도시에서 누릴 수 있는 생활의 편리함을 누리면서도 전원생활에서 누릴 수 있는 천혜의 조건을 다 갖추고 있는 곳, 바다와 강이 만나는 낙동강 어귀. 사철 물질하는 발이 젖은 물새들을 볼 수 있고 썰물 때의 갯벌과 고기잡이 동선들이 심심찮게 다니는 모습을 매일 볼 수 있는 행운을 가진 사람들이 얼마나 될까. 수채화 같은 곳에 살면서도 행복하지 못하다면 분명 마음에 병이 있는 것일 게다.

나에게는 쉽게 치료되지 않는 묵은 병이 있다. 목 디스크와 위염, 역류성 식도염이다. 이것들이 말썽을 부릴 때는 정말 견디기 힘들 정도의 고통을 겪는다. 어느 날은 멀쩡하다가 또 어떤 때는 예고도 없이 통증을 일으킨다. 통증이 심할 때는 아무 생각이 안 날 정도로 아프다. 사람을 대면하고 있는 상황에서 통증이 찾아올 때가 가장 힘들다. 당황하는 모습을 보고 행여 오해라도 사면 어쩌나 해서 제대로 아픈 체도 못하고 속으로 삭이려면 무척 힘이 든다. 그런 모습을 보고 '저이 왜 저래' 하는 사람도 있을 것이다. 하지만 일일이 설명할 수도 없는 노릇이라 어쩔 수 없다. 그럴 때는 얼른 집으로 돌아와 가만히 누워서 심호흡하는 게 최상의 방편이다. 그래도 한편으로 생각하면 그 와중에도 먹고 싶은 거 다 먹고 가고 싶은 데 갈 수 있으니 난치병으로 고생하는 이들에 비하면 행복하다 할 수 있다.

행복은 물질로만 이루어지는 것이 아니라면서도 돌아서면 어느 사이 잊어버리고 모든 것에 우선하여 경제적 가치를 위해 신경을 다 쏟아붓는다. 사람이 살아가는 데 필요한 재화는 과연 얼마 만큼일까. 생활에 필요한 수치를 채우지 못한 사람이 오늘날 얼마나 있을까. 최극빈자들을 제외하면 일반인들도 옛날 임금보다 더 풍요로운 삶을 산다. 많은 사람들이 많이 가지고 있으면서도 더 가지려 애를 쓴다. 일생을 사용하고도 남아돌 재화를 가진 사람들이 더 큰 부를 위해 비리를 저지르는 경우도 비일비재다. 그럼에도 삶에 대한 만족도는 그와 비례하지 않으니 풍요가 곧 행복이 아님을 알아챈 만큼 마음을 비우면 좋으련만, 당겼던 고무줄을 놓아 버리면 제자리도 돌아가듯 물질이 있는 곳을 향해 걸음을 옮긴다.

산책길에서는 이러한 속물 같은 생각들도 슬그머니 마음에서 나가 준다. 해서 몸도 더불어 가벼워지는 듯하다. 오고 가는 사람들 모두 상큼한 얼굴이다. 찡그린 얼굴보다 밝은 얼굴은 보는 이의 마음도 환하게 만든다. 방금 맞은편에서 지나간 사람도 얼굴이 밝다. 한 사람 한 사람 속을 들여다보면 근심 걱정 없는 이가 있을까. 저이들도 집으로 돌아가면 쉽게 해결할 수 없는 집안일이며 가족 간의 문제, 인간관계에 얽힌 걱정거리들이 있을 게다.

그러나 아름다운 풍경 앞에 서면 똑같은 무게의 근심이라도 조금은 가볍게 느끼게 하는 힘을 얻는 것 같기도 하다.

우리가 때로 물속 세상을 궁금해하듯 물 밖 세상을 보고 싶은 물고기들이 있는 힘을 다해 수면을 뚫고 철썩 뛰어오른다. 그 짧은 순간 물 밖 세상을 보아야 얼마나 볼까만 있는 힘 다해 뛰어오르는 물고기들의 긍정이 갸륵하다. 동쪽 하늘에서 출발한 해가 점점 고도를 높인다. 덩달아 왜가리와 몸이 작은 물새들도 가녀린 발로 물속을 헤집는 속도가 빠르다. 정식으로 하루를 여는 시간이 되어 간다.

모자

이유 없이 붓기 시작한 손이 하룻밤을 자고 나도 나아지지 않았다. 나아지기는커녕 더 부어오르는 것이다. 참 알 수 없는 노릇이다. 무엇 때문에 느닷없이 손이 붓고 아픈지 모르겠다. 아무리 생각해도 원인으로 추정할 거리가 없다. 그나마 가만히 있으면 괜찮은데 조금 움직이기라도 하면 통증이 더 심하다. 더구나 오른손이 그러니 세수도 제대로 할 수 없다. 아침마다 하던 세수를 제대로 할 수 없다는 것은 외출에 방해를 받는다는 거다. 세수도 못하는데 머리를 감지 못하는 것은 두말하면 잔소리다. 집안일도 당연히 할 수 없게 되었다. 분에 없는 호강이라고 해야 하나, 출근도 하지 않고, 세수도 안 하고, 머리도 안 감고, 집안일도 거의 손을 뗐으니 호강 아닌 호강, 휴가 아닌 휴가를 받은 셈이다.

그런데 하루 이틀 지나면 괜찮아질 줄 알았던 손이 낫기는커녕 점점 더 심하게 아프다. 크기도 평상시보다 배가되어 버렸다. 시간으로 해결될 게 아닌 듯해 결국 병원을 찾기로 했다. 그런데 몰골이 문제다. 얼굴과 머리에 삼 일 동안 물을 묻히지 않았으니 상상해 보라, 그 꼴이 어떨지. 왼손으로 물을 묻혀 겨우겨우 얼굴은 닦았지만 머리가 문제였다. 도저히 문밖으로 나설 수 없는 꼴이다. 가닥가닥 엉기어 떡을 지고 있는 모습이 영락없는 거지 모습이다. 궁리 끝에 모자를 써 보기로 했다. 모자만 있으면 머리 문제는 만사 해결이지 싶다. 이럴 때 쓸 수 있게 모자가 있다는 것은 정말 다행이다.

살면서 모자를 써 본 적은 손에 꼽을 정도다. 모자는 나와 동떨어진 사람들이나 쓰는 종류의 물건 같아 영 가까워질 수 없는 것으로 여겼다. 세련되고 자존감이 높으며 용기 있고 당당한 그런 사람만 쓰는 것으로 여겼다. 그걸 증명하듯 대학원 동기 최는 아주 세련되고 럭셔리하게 생긴 외모를 가지고 있었는데 하루가 멀다 하고 모자를 바꿔 쓰고 학교에 왔다. 하루는 중절모를, 또 하루는 베레모를, 또 어느 날은 챙이 넓은 모자를 과감하게 쓰고 왔다. 학업을 마친 후 최는 외국으로 발령받은 남편을 따라갔는데, 그곳에서도 그녀의 모자 사랑은 계속되었다. 문밖을 나설 때마다 바꿔 가며 모자를 쓰고 다니니 이웃들이 그녀가 지나가면 '모자

간다'라고 하여 그때부터 모자를 좀 멀리했다나. 그러니 적극적이지 못한 나에게 모자란 더더욱 세련되고 당당한 사람만 쓰는 것 같이 느껴지지 않겠는가.

어쩌다 모자를 사 놓았으나 영 어색해서 쓰지 않고 옷장에 처박아 두었는데 오늘 같은 날 요긴하게 쓰일 줄이야. 전에도 한두 번 머리 손질이 이상할 때 써 본 적은 있지만 감쪽같이 머리를 감추기 위해 쓰기는 처음이다. 부스스한 모양을 감추기 위해 립스틱을 바르고 옷을 갈아입은 후 손으로 머리를 대충 만지고 모자를 썼다. 거짓말처럼 멀쩡하다. 누가 사흘 세수 안 하고 머리를 감지 않은 사람으로 볼까. 그러고 보면 만사 겉모습만 보고 판단해서는 혹여 낭패를 볼 수도 있다는 걸 다시 한 번 생각한다.

거울을 보니 모든 걸 알면서도 시치미를 떼고 있는 모자가 참으로 당당하다. 비단 오늘만 그런 게 아니고 평소에도 모자는 당당하다. 멋을 내기 위해서든 불리한 모습을 감추기 위해서든 언제나 당당하다. 그도 그럴 것이 모든 의상 중에 인체의 가장 중요한 머리가 제자리니 더불어 위상도 가장 높은 자리인 셈이다. 그러니 언제 보아도 당당한 거였고 그런 모자를 쓰고 있는 사람도 당당해 보였던 게다. 어쨌거나 모자를 썼으니 이제 문을 나서도 아무런 문제가 없다. 가장 높은 신분을 가진 모자를 썼으니 누구도 나의 매무새에 가타부타하지 않을 것이다. 모자가 있어 정말 다행이다.

그래도 도둑이 제 발 저리다고, 집을 나설 때 마음과 달리 행여 내 몰골을 탐지할세라 괜한 신경이 쓰인다. 그러나 역시 모자를 썼기 때문인지 별스럽게 쳐다보는 눈은 없다. 손이 아프게 된 원인을 내가 도저히 추측할 수 없었듯 의사 역시 원인을 알 수 없다며 고개를 저었다. 그러면서도 약 처방전을 내려 주며 시간 맞춰 복용하라 한다. 소염제와 항생제 종류이지 싶다. 엉덩이 주사도 한 대 맞고 약국 가서 약을 지어 무사히 집으로 돌아왔다. 모자 덕을 톡톡히 본 것이다.

이틀 정도 약을 먹어도 손의 증상은 차도가 없어 다시 전과 같이 모자로 무장을 하고 다른 병원에 가서 진료를 받아 보았으나 역시 마찬가지였다. 그럴 즈음 누군가 한의원을 추천해서 갔더니 아마도 몸의 나쁜 기운들이 손으로 모였는데 그것을 발산시키느라 그럴 수도 있다며 해당 혈자리에 침을 놓았다. 그러고도 손은 며칠을 지나서야 나았다. 아프기 시작한 지로 헤아리면 보름 정도 걸렸다. 그동안 세수와 머리 감기를 제대로 할 수 없어 불편했지만 외출할 일이 생기면 매번 모자의 신세를 졌다.

그때 이후로도 몇몇 번 모자를 써 보았으나 역시 나와는 친해지지 않았다. 왠지 모르게 신경이 쓰이고 어색하기도 했지만, 모자를 쓰고 외출하면 피치 못하게 벗어야 할 때가 있는데 그때가 문제였다. 나는 머리숱이 유난히 적기 때문에 모자를 썼다 벗으면 머리카락이 착 달라붙어 그야말로 물에 빠졌다 나온 생쥐다. 해서 지금껏 살던 대로 살기로 했다. 물론 가끔 머리 감기 귀찮고 외출은 해야 할 때, 유용하게 쓰기도 한다.

호그와트

세상에나 호그와트라니. 아이는 지금 호그와트행 열차를 타는 승강장에 딱 서 있다. 호그와트, 호그와트라니. 호그와트! 이름만 들어도 가슴이 설레지 않는가. 온갖 마법이 행해지고 또 마법을 배울 수 있는 학교. 꿈과 모험이 있는 곳. 그곳에서 아이들은 악에 맞서 싸우며 진정한 용기를 알아 가고 꿈을 실현해 가며 마법을 배운다. 세상에나 호그와트는 책과 영화에만 나오는 줄 알았는데 실재하는 것이었나. 한달음에 달려가 보고 싶었다. 이미 눈치 챈 사람은 챘겠지만 『해리포터』에 나오는 마법학교가 호그와트다.

『해리포터』. 다시 생각해도 재미있는 작품이다. 최근 몇 년 동안에 가장 재미있게 읽은 책이 뭐냐고 물어본다면 두 번 생각할 필요 없이 『해리포터』를 들 것이다. '에이, 무슨 어른이 아이들이 보는 책을 가장 재미있다고 해' 하고 타박할지 모르겠으나 그래도 나는 『해리포터』를 들 거다. 아이들이 주인공인 세계에서 벌어지는 황당하고 악한 사건들을 파헤쳐 가며 악을 뿌리 뽑는 내용을 다루고 있지만 어른이 읽어도 결코 유치하지 않은 재미가 뭉클한 감동으로 다가오고 읽을수록 긴장을 더하는 작품이다. 줄거리는 흔하디흔한 악을 쳐부수는 고전적 이야기지만, 그 재미에 퐁당 빠져들면 헤어나기가 쉽지 않아 스물세 권이나 되는 책을 내리 두 번이나 읽었다. 이참에 한 번 더 읽으며 마법 세계를 다녀올까 한다.

『해리포터』가 선사하는 재미는 글자 그대로 재미다. 이리 재고 저리 굴려야 하는 어떠한 이성적 이해도 요구하지 않는 재미로만 뭉쳐진 재미다. 선과 악에 대하여 본능적으로 느끼는 감응에 충실한 전개는 보는 이로 하여금 편안하게 문학적 오락을 만끽하게 만든다. 아이들의 관점으로 바라보는 선과 악, 그에 맞서는 방법이 복잡하면서도 간결하여 읽는 이로 하여금 통쾌한 카타르시스를 느끼게 한다. 가뜩이나 복잡한 구조인 현대 사회의 삶에서 단순한 스토리와 간결한 전개에 더한 재미가 『해리포터』라는 작품을 아이들은 물론 어른들까지 좋아하게 만든 요인이 아닌가 싶다. 단순하다 하여 유치하다는 것은 물론 아니다.

현실 세계에서 불가능한 마법을 소재로 한다는 면에서 아이들 전용 이야기로 생각될 수 있고 그러한 면도 있다. 그러나 해리포터는 인류가 보편적으로 가지고 있는 개념으로서의 정의와 의리, 사랑과 꿈, 순수 같은 요소들을 어떤 작품보다 맑게 그리고 있다. 포스트모더니즘이니 해체주의니 하는 복잡한 현대문학적 구성에 얽매이지 않은 스토리는 단순하면서도 자유롭게 전개된다. 긴장감 넘치는 재미를 추구하면서도 작품이 가져야 하는 교훈적 기능과 오락적 기능을 풍부하게 내포하고 있다. 순수 쾌락 또는 절대 쾌락이라 할 수 있겠는데, 그 속에서 교훈적 기능은 자연스레 우러나온다.

셀 수 없이 많은 등장인물과 거미줄 같이 엮인 작은 줄거리들이 파노라마처럼 펼쳐져 한마디로 요약하기는 힘들지만 핵심 줄거리는 악명 높은 볼드모트라는 인물을 아이들이 서로의 기지를 모아 무찌르는 이야기다. 주된 주인공은 해리포터와 헤르미온느, 론 위즐리, 지니 위즐리 등인데 이들은 호그와트에서 마법을 배우고 한마음으로 두려움을 극복해 가며 공동의 적인 볼드모트를 없애는 데 온갖 방법을 짜내고 힘을 모은다. 그리고 마침내 악마 볼드모트를 없앤다.

주 활동 배경이 되는 작품 속 호그와트는 로웨나 래번클로라, 고드릭 그린핀도르네, 헬가 후플푸프, 살라자르 슬리데린 등 네

명의 마법사들이 지은 마법학교인데, 호그와트라는 이름은 이들 마법사의 이름에서 따온 것이다. 이 학교에 들어갈 수 있는 자격은 마법사의 피를 물려받은 아이들에게만 주어지는데 아이들은 이 학교에서 일반 공부도 하며 사랑과 우정, 정의와 의리를 배운다. 크리스마스 즈음에는 여느 아이들처럼 들뜬 마음이 되기도 하고 마법의 빗자루 게임을 할 때는 자기편의 우승을 위해 목이 터져라 응원하기도 한다. 동시에 배신과 두려움, 거대한 악의 힘도 체험하며 눈앞에서 벌어지는 믿기 어려운 기기묘묘한 마법도 직접 눈으로 보며 배운다.

방학이 되면 학교를 떠나 집으로 갔다 끝나면 다시 돌아오는데, 호그와트로 오고 가는 기차는 일반인들의 눈에는 보이지 않는다. 말하자면 순간이동으로 오가는 것인데, 기차가 들어오면 순간적으로 벽이 열리고 아이들은 승강장으로 단숨에 들어갈 수가 있는 것이다. 물론 이 모든 것은 마법사이거나 마법사의 피가 흐르는 아이들의 눈에만 보이고 행동으로 옮길 수 있다.

며칠 전 미국으로 여행을 떠난 아들이 그 흥미롭고 모험으로 가득 찬 마법학교 호그와트로 가기 위해 지금 승강장에 서 있는 사진을 전송해 것이다. 장소도 보아 하니 책을 읽으며 상상한 곳과 흡사하다. 사실 아들은 유니버설 올랜도 리조트에 있는 해리포터 스튜디오에 가 있는 것이다. 어쨌든 그 재미있는 해리포터의 공간적 배경을 꾸며 놓은 스튜디오가 있다는 것도 처음 알게 되었다. 책을 읽는 내내 즐거움을 안겨 준 해리포터, 기회가 되면 아들처럼 그곳에 한번 가 보고 싶다.

훌다 레게 클락

오래전, 어깨가 너무 아파 병원을 찾았다. 의사가 목 엑스선을 찍어 보자고 했고 그 결과 목뼈에 디스크가 있다는 것을 알게 되었다. 어깨 통증은 그로 인한 것이었다. 안타까운 것은 통증의 원인은 알게 되었지만 달리 치료 방법이 없다는 것이었다. 기껏해야 근육을 이완시키는 약을 복용하거나 물리치료를 받는 게 전부라 했다. 방법이 없으니 어쩌겠는가, 통증이 오면 대책 없이 견디는 수밖에. 하지만 그 고통은 정말 끔찍하다.

한번은 사무실에 자주 들르는 거래처 손님이 자신도 목 디스크로 모진 고통을 겪다 모대학병원에서 수술을 하고 난 뒤부터는 아프지 않다며 진료를 받아 보라고 권했다. 아픔에서 벗어날 수 있다면 뭐든 못하겠는가. 여가를 내어 그분이 알려 준 대학병원의 담담교수를 찾아갔다. 그러나 검사를 마치고 마주 앉은 담당교수는 수술할 단계는 아니라며 그냥 참고 사는 수밖에 없다고 했다. 수술은 참다 참다 죽을 지경이 되면 하는 것이라 했다. 우리나라의 의술은 세계에서도 알아준다는데 지긋지긋한 고통을 없앨 치료 방법이 없다니 참 슬펐다. 달리 방법이 없으니 통증을 평생 동무로 여기며 살자고 마음을 수시로 달래 가며 참는 수밖에.

아프다 보니 누가 어떻게 하면 아프지 않더라는 말만 하면 귀가 솔깃해졌다. 아파 본 사람들은 알 것이다. 뭐든지 해 보고 싶고 어떨 때는 지푸라기라도 잡고 싶은 마음이 되는 것을(물론 그러다 요상한 것에 사로잡히는 경우도 있겠지만). 그러던 중 자세를 교정하면 좋다는 이야기를 듣고 자세를 바로잡는 운동을 배워 꾸준히 하면서 통증에서 어느 정도 벗어날 수 있었다. 그렇다고 완전히 좋아진 것은 아니었다. 요즘은 또 손쉽게 정보를 접할 수 있는 인터넷이라는 매체가 있어 마음만 먹으면 생각지도 않은 정보나 지식을 간혹 얻을 수 있다. 당연히 통증 관련 글이 있으면 무엇보다 눈이 먼저 갔다.

어느 날, 모 카페의 질병 상담코너를 훑어보다 훌다 레게 클락(이하 '클락 박사'로 표기함)에 관해 언급되어 있는 것을 보고 밑져야 본전이지라는 마음으로 그에 관한 정보를 찾아서 읽게 되었다. 훌다 레게 클락은 캐나다 태생의 생리학 박사인데, 그녀가 연구하고 임상에서 입증한 질병에 관한 치료법이 인터넷상에 이미 상당히 올라와 있었다. 또한 그녀의 방법을 좇아 실천하는 사람들도 꽤 있는 듯했다. 클락 박사는 모든 질병의 원인으로 기생충과 세균, 그리고 바이러스와 박테리아를 비롯해 각종 오염물질 등을 들고 있다. 당연히 질병을 치료하는 방법도 원인이 되는 기생충과 세균, 바이러스와 박테리아 등과 각종 오염물질 등을 박멸하고 없애면 된단다. 외상을 제외한 감기라든지 질병들은 세균이나 바이러스가 대부분 원인이다. 외상이 위험한 것도 세균에 의한 이차 감염 때문임을 감안하면 맞는 말인 것 같았다.

이미 여러 나라에서 번역되어 읽히고 있다는 그녀가 쓴 책『질병을 넘어서』를 구입하였다. 질병의 원인이 되는 기생충과 세균, 바이러스와 박테리아 등 각종 오염물질이 소개되어 있고 제거하는 방법도 자세히 나와 있었다. 방법은 간단했다. 각각의 기생충들은 들에서 자생하는 약초나 야채로, 세균과 바이러스는 또 다른 약초나 식재료들로 신장을 청소하고, 오염물질들과 체내에 쌓인 찌꺼기들은 주기적인 간청소를 함으로써 제거할 수 있다는 것이다. 그러나 그녀의 치료법 중에 가장 획기적인 것은 재퍼다. 재퍼는 간단히 말해 전기 충격으로 몸속 기생충과 세균, 바이러스를 죽이는 기구다. 클락 박사는 만물이 고유의 주파수를 가지고 있다는 것을 알아내었다. 기생충과 바이러스 곰팡이 들도 그들만의 고유 주파수를 가지고 있는데, 9볼트의 약한 전류로 그에 공명하는 주파수를 쏘아 주면 기생충과 세균이 죽는다는 것을 실험으로 확인한 것이다. 클락 박사는 이것을 질병 퇴치 전기요법이라고 하였다. 주파수니 전기니 해서 꽤 복잡하다는 생각이 들겠지만 이 또한 방법은 매우 간단하다. 위의 책에는 문구점에서 파는 건전지로 만드는 방법도 자세히 설명되어 있다. 지금은 클락 박사의 원리에 기능을 추가하여 만든 좋은 재퍼가 시중에도 나와 있다.

몸이 아픈 사람은 작은 정보에도 귀를 활짝 열어 둔다. 클락 박사의 이론은 일반인들이 들으면 황당한 이야기처럼 들릴 수도 있다. 나도 반신반의하면서 재퍼를 구입해 사용해 보고서야 효능을 인정할 수 있었다. 그런데 그 좋은 기구가 왜 상용화되지 않고 있을까. 지금 인터넷을 유심히 검색해 보면 대체의학이나 치유에 대한 상당한 정보들이 올라와 있다. 그 방법들 또한 간단하고 비용도 저렴하여 믿을 수 없을 정도다. 그런 방법이 상용화되고 일반화되면 큰 타격을 받을 이익집단은 의료업계와 제약회사다. 검색 정보를 다 믿을 수는 없지만, 이러한 간단하고 저렴한 비용으로 질병을 치료하는 방법이 널리 알려지는 것을 막는 집단이 의료업계와 제약회사라는 것이다. 클락 박사 역시 연구를 하는 동안 끊임없는 협박과 위협을 당했다고 한다.

수년 전 유명 한의원을 간 적이 있는데 대뜸 간청소를 하라며 준비물을 챙겨 주며 십만 원의 비용을 내라 했다. 그 한의원에서 준비한 재료들도 지금 보니 클락 박사가 제시한 것과 같은 것이었다. 클락 박사가 알려 주는 간청소하는 방법은 오래전, 미 인디언 부족들이 이미 행하고 있던 방법으로, 재료는 몇 천 원이면 준비할 수 있다. 엡솜염 40그램에서 50그램과 물, 자몽이나 오렌지 주스 120밀리, 올리브오일 120밀리만 있으면 된다. '건강은 병이 없는 것이 아니라 기분이 매우 좋고 재미있는 일에 웃고 싶은 것이다'고 그녀는 주장한다. 모든 사람들이 통증에 시달리지 않고 살기를 바라며 전자공학을 전공한 아들과 함께 이룩한 자신의 모든 지식과 정보를 고통 받는 이들을 위하여 세상에 낱낱이 내놓았다고 했다. 만약 클락 박사가 자신이 원리를 발견하고 만든 재퍼를 돈을 벌기 위한 목적으로 삼았더라면 책으로 세상에 알리지 않았을 것이다.

그녀가 주장하는 방법이 완벽하지는 않으리라 생각한다. 보완하여야 할 부분이 있다면 그것은 우리들의 몫이다. 항상 열린 사고방식으로 기존 지식과 통념에 대해 의구심을 가지고 있어야 새로운 정보와 지식을 접할 수 있고 나아가 지혜의 지평을 넓힐 수 있다. 훌다 레게 클락 박사를 알게 된 것은 행운이었다. 클락 박사를 알게 되면서 짐 험블과 시몬치니라는 인물을 알게 된 것 또

한 행운이다. 혹 관심이 있는 사람은 포털 사이트에 해당 언어를 넣고 검색해 보시기를.

소크라테스는 '내가 아는 것은 내가 아무것도 모른다는 사실이다'고 했다. 나이 들어가면서 수시로 느끼는 것은 지금까지 책과 경험으로 알고 있는 지식과 통념들은 세상의 알지 못한 지식 가운데 아주 일부분일 수 있다는 사실이다. 질병을 바라보고 치유하는 관점도 다양한 시각과 방법이 있음을 이번 기회에 다시 한 번 알게 되었다. 잘났다고 나대지 말 일이며 조금 안다고 까불지 말 일이다. 비행기를 타고 하늘에서 지상을 내려다보면 사람이란 존재는 하나의 점으로도 보이지 않는다. 거리를 두고 보면 사람도 그러한데 그깟 좀 잘난 것이나 좀 아는 게 뭐 대수겠는가. 인류의 큰 강을 따라 끊임없이 흐르는 것은 클락 박사와 같이 자신이 가진 지식과 정보를 인류를 위해 아낌없이 내놓는 휴머니즘 같은 것이다.

가끔

요즘 주말이면 즐겨 보는 텔레비전 드라마가 있다. 오늘은 남자 주인공이 말없이 떠나 버린 여자 주인공이 숨어 사는 시골을 찾아가는 장면이 나왔다. 여자는 교제를 반대하는 남자의 부모에 의해 쫓기듯 남자를 떠났다. 나중에 그 사실을 안 남자 주인공이 수소문 끝에 시골의 한 농장에서 일을 하고 있는 것을 알아내고 찾으러 가는 장면이었다. 그러나 먼발치에서 남자 주인공을 먼저 본 여자 주인공은 농로 옆에 세워져 있는 농장 간판 뒤에 숨어 버린다. 남자 주인공은 여자 주인공이 숨어 있는 그 길을 지나치지만 미처 보지 못하고 가버린다.

간판에 붙어 등을 보이고 있던 여자는 남자가 모는 차가 자기가 서 있는 곳을 지나가자 앞으로 몸을 돌려 남자가 탄 차를 바라

본다. 남자가 차 안 거울이나 양쪽에 붙어 있는 뒤 비추기 거울을 한 번만 쳐다보면 자신이 애타게 찾고 있는 여자를 볼 수 있을 위치에 서 있다. 제발, 제발 한 번만 돌아봐. 작가가 설정해 놓은 것이지만 얼마나 안타깝던지, 한 번만 돌아보면 될 텐데 하며 보는 이의 애가 더 탔다. 반갑게 달려가지 못하고 숨어야 하는 사람도 그렇지만, 사랑하는 사람을 찾아 단숨에 달려왔으나 아무 곳에서도 찾지 못하고 돌아가는 연인의 가슴은 얼마나 허허롭겠는가. 마치 넓은 우주에 자신의 육신을 놓일 곳이 그 어느 곳에도 없는 것처럼 휑할 것이다.

아주 오래전에 보았던 영화 《닥터 지바고》에서도 이와 비슷한 장면이 나온다. 아마도 마지막 장면이었던 것으로 기억되는데 너무 오래되어서 정확하지는 않은 듯하다. 이복형을 만나고 헤어진지바고는 어느 기차역에서 기차를 탄다. 천천히 출발하는 기차 속에서 차창 밖을 바라보던 지바고의 눈에 승강장을 걸어가는 라라가 들어온다. 심장이 좋지 않은 지바고는 창을 두드리며 라라를 부르지만 듣지 못한 채 그냥 지나가 버리고 만다. 지바고는 기차에서 황급히 내린다. 그리고 불과 몇 미터 앞에 걸어가는 라라를 부르나 소리는 나오지 않고 그 자리에서 쓰러져 버린다. 그러나 라라는 아무것도 모른 채 자신의 길을 가 버린다.

전쟁은 가정과 가족을 해체시키고 개인이 가진 존엄과 기존의 도덕질서들을 짓밟아 버린다. 닥터 지바고는 전쟁으로 인한 공동체의 파괴와 그 속에서 송두리째 짓밟히는 개별 인간들의 비극을 다루고 있다. 그런 무거운 주제를 다루고 있으면서도 지바고와 라라의 사랑을 품은 러시아의 광활한 설경과 함께 화면은 마치 한 편 한 편의 서정시처럼 진행된다. 일반적 기준으로 말하면 지바고와 라라의 사랑은 불륜이다. 그러나 가족이 뿔뿔이 헤어지고 기존의 도덕적 질서를 지켜 갈 수 있는 최소한의 제도와 안위가 보장되지 않는 전쟁이라는 극한 상황을 감안하면 그들을 이해할 수 있다.

시대가 벌여 놓은 비극적 상황에서 만나 그 시대적 상황에 떠밀려 또다시 헤어져야 했던 두 사람. 승강장을 걸어가던 라라가 한 번만 고개를 돌려 사랑하던 연인을 보았으면 얼마나 좋았을까. 지바고가 앉은 차창을 한 번만 바라보았다면 그렇게 사랑하던 두 연인은 감격적 만남을 이룰 수 있었을 것이다. 하지만 끝내 라라는 고개를 돌리지 않았고, 지바고를 보지 못한 채 멀리로 걸어가 버린다. 쓰러진 지바고를 향해 웅성거리며 몰려드는 사람들의 소리마저 듣지 못하고.

천운과도 같은 기회를 눈앞에서 놓쳐 버린 채 이별의 한을 대못처럼 품고 죽어 가야만 했던 지바고. 전쟁이라는 시대적 배경과 설경 속에서 잔잔하게 전개되던 굵직굵직한 에피소드를 품고서도 매우 서정적이던 장면들이 참 애잔했던 『닥터 지바고』의 그 장면은 나를 얼마나 슬프게 했던지, 지금도 『닥터 지바고』를 생각하면 설경과 중간중간 흘러나오던 주제곡 라라의 테마와 함께 쓸쓸한 감회가 물밀어 온다.

눈 깜짝할 어떤 순간이 운명을 바뀌게 하는 게 영화나 드라마에서만 있는 일이겠는가. 우리 주변에서도 한 번의 눈길이 닿지 않아 주제가 반전되거나 주와 객이 바뀌는 상황이 이 순간에도 알게 모르게 일어나고 있는지도 모른다. 지금은 앞만 보고 내달리는 시대다. 그것도 좀 더 빠르게 내달려야 남을 따돌릴 수 있는 건조한 시대. 옆을 보거나 잠시 뒤를 돌아볼 틈조차 좀처럼 가지기 힘든 시대다. 앞만 보고 가다 보면 제한된 사고의 틀에 갇히는 편견을 갖게 될 수 있고, 편견에 갇혀 있으면 타인의 본성을 이해할 시력을 자신도 모르는 사이 잃어 간다. 아무리 아름다운 꽃이 향기 듬뿍 담은 화신을 보내와도 직진을 멈추고 고개를 돌리지 않으면 꽃을 보고 탄성을 지를 수 없다. 아름다움을 보지 못하는 생은 평생 가슴에 사랑을 품어 본 적이 없는 사람처럼 조금만 건드려도 부스러지는 마른 영혼을 가지고 이 세상을 지나갈 것이다.

가끔은 직진을 멈추고 옆도 보고 뒤도 보는 여유가 있으면 좋겠다. 옆도 보고 뒤도 바라보다 보면 달릴 때 놓쳐 버린 소중한 풍경들을 볼 수 있다. 꽃과 나무, 새와 나비 같은 것들도 눈에 띄겠지만 심신의 한 곳이 다쳐 오도 가도 못한 채 앓고 있는 이웃을 발견할 수도 있다. 또 드라마나 영화 속에서처럼 아차 하는 순간에 사랑하는 사람을 놓쳐 버리는 경우도 없을 것이고, 어쩌면 눈이 번쩍하고 뜨일 일생일대의 사람을 발견하게 될지 누가 알겠는가.

빈손마저 내려놓고

책꽂이를 정리하는데 낯선 책이 눈에 들어온다. 『빈손으로 돌아와도 좋다』. 제목을 보니 처음 보는 책인 듯한데 지은이가 얼마 전 세상을 뜨신 은사님이다. 언제 이 책을 샀지. 모교의 구내서점 이름이 인쇄되어 있는 책갈피가 들어 있는 것으로 보아 대학원 공부를 할 때 산 모양이다. 그런데 어느 쪽을 펼쳐 보아도 기억나는 부분이 한 쪽도 없다. 읽다가 재미가 없어 던져두었던 것일까. 손에 들어온 책은 꼭 끝까지 읽는 버릇에 그러지는 않았을 텐데 알 수 없는 일이다.

손 닿는 대로 펼쳐 보니 스승께서 서울 생활을 마무리하고 바다가 한눈에 내려다보이는 자란만으로 보금자리를 옮기신 직후의 느낌들을 수필 형식으로 적은 글이다. 새삼 마음이 아릿해 온다.

대학원 강의 때 처음 뵌 스승은 적잖은 설렘으로 다가왔다. 어떤 부류에도 소속되지 않을 듯한 외모와 말투, 독특한 학풍을 가진 스승은 마치 살아 있는 릴케와 헤세를 대면하는 것 같은 느낌으로 다가왔다고나 할까. 해서 손만 쬐고 있어도 영혼이 수채화처럼 아름답게 물들 것 같아 되도록 가까이 가고 싶었다.

결코 젊다고 할 수 없는 연세에도 강의는 언제나 아름답고 재미있어 까닭 없이 우리들을 설레게 했다. 어떤 날은 사전에 말씀도 없이 모교 근처에 있는 〈필하모니〉로 가서 강의를 하겠다고 해서 필하모니가 대학원 강의실이 되는 날도 있었고, 어떤 날은 강의를 마친 후 카페로 제자들을 이끌기도 했다. 스승의 감성은 언제나 젊고 낭만적이어서 젊은 제자들이 오히려 뒤질 정도였으니 어찌 매력적이지 않았겠는가. 날씨가 좋다는 핑계로 야외수업을 청하여도 들은 척도 하지 않던 다른 스승들에 비하면 스스로 제자들을 밖으로 이끄는 행동에 우리들은 또 얼마나 어리둥절했던가.

스승께서는 경상도 태생이면서도 경상도 언어를 사용하지 않았지만 그렇다고 서울말을 하는 것도 아니었다. 말씀을 하실 때도 언제나 높낮이가 일정했는데, 그 어감이 우리말인데도 마치 외국어를 하는 것 같았다. 외양 또한 한국 사람도 외국 사람도, 동양인도 서양인도 아닌 듯한 분위기가 느껴졌는데 그러한 점들로 더 끌렸는지 모르겠다. 어떤 이는 그런 태도가 오히려 우유부단하여 좋지 않았다고도 하였지만 강의를 듣던 우리들은 마냥 좋기만 하였다.

설렘으로 다가왔던 만큼 까다로운 면도 있었는데 그것은 음식에 관한 것이었다. 가끔 제자들에게 커피를 사 줄 때도 정작 당신께서는 그 커피를 한 모금도 드시지 않았다. 일명 다방커피라고 불리는 믹스커피 같은 것은 아예 쳐다보지도 않았다. 그러한 부류의 커피를 통틀어 '혀에 자존심을 걸고 못 먹는다.'고 할 정도였으니 음식의 호오에 대해서도 가히 유별났다. 다른 음식에 대한 까다로움도 마찬가지셨다.

학교 구내식당의 음식도, 근처에 있는 식당의 음식도 드시지 않았다. 유일하게 입맛에 맞는 음식점이 있었는데, 그곳은 모교에서도 제법 떨어진 곳에 있는 공항에 딸린 레스토랑이었다. 그곳에서 송아지고기로 만든 소시지를 드시면서 한 제자의 이름을 기억하지 못하는 순간에 맞닥뜨렸을 때 '미인의 이름을 기억하면 골치가 아파'라는 재치로 무안한 순간을 넘기던 모습이 지금도 선하다.

무채색 겨울이 저만치 물러나고 나무들이 흙 속의 물을 온몸으로 끌어 올릴 즈음의 어느 해 봄, 제자들에게 문학기행을 가자고 했다. 목적지는 『혼불』의 무대가 된 고옥이 있는 남원이었는데, 그 무렵의 지리산은 산 벚꽃과 조팝나무, 연록과 연홍의 어린 잎

사귀들이 어우러져 세상에서 가장 아름다운 색의 수채화를 그려 놓고 있었다. 구불구불 산길을 따라 달리는 차 안에서 우리는 스승과의 인연과 자연의 아름다움에 막무가내로 행복하여 이대로 시간이 멈춰 버렸으면 하는 생각을 하기도 했다.

돌아오는 길에는 자란만 댁으로 제자들을 이끌고 가서 집 안과 정원을 구경시켜 주시고 커피머신에서 손수 내린 커피를 한 잔 한 잔 나누어 주었다. 거품이 더 맛있어 보이던 갓 갈아 내린 커피에서 풍겨져 나오는 향기는 마음을 막 회오리치게 했다. 지금은 시중에도 고급 커피들이 많이 판매되고 있지만, 십수 년 전만 해도 그런 맛있는 커피를 마시기란 흔치 않았다. 그렇게 대석학과의 인연은 계속될 줄 알았는데 오래지 않아 계명대로 적을 옮겨 모교에서는 뵐 수가 없게 되었다.

졸업을 하고 제법 세월이 흐른 후 동기 몇 명과 함께 자란만을 찾은 적이 있다. 그때도 제자들을 위해 손수 커피를 내려 주셨는데 그즈음에는 계명대의 강의도 그만하시고 근동에 있는 고등학교에서 맡은 강의와 집필에만 몰두하고 계셨다. 『한국수필』에 특집 〈자란만 통신〉이라는 코너의 연재를 맡아 달마다 근황을 소개도 하시며 적지 않은 저서를 멈춤 없이 세상에 내놓고 있었다. 집필을 하지 않으실 때는 정원의 나무들을 돌보거나 산책을 한다고 하셨다.

산책을 하다 기가 막히게 좋은 산길을 봐 두었는데 언제 한가할 때 오면 구경을 시켜 주겠다며 천진하게 웃으셨다. 우리는 흔쾌히 다음 날을 기약하고 작별하였다. 고령이지만 자세도 바르고 정정해 보여 우리가 마음먹고 달려가면 언제든 찾아뵐 수 있는 줄로만 알았다. 그런데 작년 시월, 매스컴을 통해 부고를 듣고 만 것이다. 평소 건강에 별 이상이 없었던 분이라 스승의 부고는 충격이었다.

오래전, 고향에 돌아와 빈손으로 돌아와도 좋다는 책을 남긴 스승께서는 이제 빈손마저 내려놓고 오고 감에 얽매이지 않는 곳으로 가셨다. 그리고 지은이가 이 세상에 없는 그 책을 읽는다. 스승의 깊고 선한 눈매가 지금도 선연하다.

짧은 다짐

part 5

겸손한 가을

요즘 초산균들과 매일매일 이야기를 나누는 재미에 푹 빠져 있다. 초산균들은 식초를 만들 때 없어서는 안 되는 균들이다. 얼마 전부터 관심을 갖게 된 천연발효식초 만들기에 온통 정신이 팔려 살아간다 해도 과언이 아니다. 그래서 그렇게 무더웠던 올여름도 어떻게 가는지 모르게 지나갔다. 그 결과 지금 발코니를 비롯하여 서재에는 책과 함께 온갖 익어 가는 식초가 담긴 병과 항아리들이 즐비하게 자리를 차지하고 있다.

갯가에서 염분을 먹고 자라는 함초와 발아찰현미를 섞어서 만든 함초발아찰현미식초, 상황버섯 우린 물과 현미로 담근 상황버섯현미식초, 쑥과 발아찰현미로 담근 쑥발아찰현미식초, 키위식초, 사과식초, 오디식초, 파인애플식초, 황매실식초, 오미자식초, 살구식초, 수박껍질식초 들이 각자의 색깔을 뽐내며 다투어 익어 가고 있다. 또 다른 방에서는 땅속의 전설을 동글동글 빚어 올린 까만 포도알들이 식초로 태어나기 위해 항아리 속에서 술로 익어 가고 있는가 하면 상추와 아로니아, 올해 수확한 때갈 좋은 오미자도 이에 질세라 왕성한 알코올발효를 일으키고 있다. 이걸 손수 다 만들었다니, 바라만 보고 있어도 세상을 다 가진 듯 마음이 흐뭇하다.

식초를 만들기 위해서는 먼저 술을 빚어야 한다. 보통 곡류는 누룩으로, 과일과 채소류는 와인효모나 이스트를 이용해서 술을 빚는다. 물론 과일이나 채소도 누룩으로 알코올발효를 시키기도 하지만 액이 탁해 주로 효모로 빚는 것으로 대략 알고 있다. 그러나 태어나 한 번도 술을 만들어 본 적도 만드는 것을 직접 구경한 적도 없으니 우선 술 만드는 방법부터 알아야 했다. 인터넷을 검색하여 술 빚는 방법을 알아내고 국산 누룩을 파는 사이트도 찾아 누룩도 구입하였다.

술을 만들기 위해 태어나 처음 술밥을 만들고 술을 안칠 때는 마치 텔레비전에서나 보던 유명한 종가의 종부가 된 것 같은 기분이 들었다. 요즘 시대에 술을 빚는 것은 나이가 많거나 장인과 명인 같은 사람이나 하는 일인 줄 알았는데 직접 이렇게 빚다니 스스로도 믿기지가 않았다. 멥쌀로 술을 빚을 때는 쌀을 불린 후 고두밥을 쪄야 하는데 마땅한 기구도 없고 고두밥을 한 번도 지어 본 적이 없어 나는 현미로 술을 담그기로 했다. 현미는 고두밥을 짓지 않아도 된다.

곡류든 과일이든 채소든 술이 되기 위해서는 누룩이나 효모와 섞인 재료들이 알코올발효를 거쳐야 한다. 술 만들 재료를 누룩이나 효모와 섞어 용기를 밀봉해 두면 이내 혹은 하루 이틀이 지나면 알코올발효를 시작하는데, 시간이 흐를수록 뽀글거리는 기포들이 장난 아니다. 하루 종일 뽀글뽀글 효모들이 재료들을 발효시키는 소리가 들린다. 말로만 듣던 술이 익는 신비한 소리다. 술 익는 소리는 밤에도 끊이지 않고 계속된다. 그 모든 게 신비해서 하루에도 몇몇 번씩 술을 들여다보고 보았다. 술은 냄새보다 소리로 먼저 익어 가는 것을 알아챌 수 있다. 보통 보름 정도면 술이 익지만 완전한 숙성을 위하여 한 달 정도 익힌다. 좋은 식초는 잘 빚어진 술에서 얻어진다고 한다.

한 달 후 찌꺼기를 걸러 초를 안치고 나면 차이는 있지만 곧이어 초막이 생기기 시작한다. 초막은 식초를 만드는 초산균이 사는 집인데, 초산균은 사람의 눈에는 보이지 않지만 공기 중에 떠돌아다닌다고 한다. 처음에는 비단결처럼 얇게 생겼다가 점점 두터워진다. 재료에 따라 온갖 모양의 초막이 생기는데 하루하루 달라지는 게 마치 그림을 그리는 것 같다. 초막에 따라 하루 한 번이나 며칠에 한 번씩 흔들어 깨어 줘야 하는데 깨어 주면 깨는 모양에 따라 또 다른 그림을 그려 낸다. 초막이 그려 내는 그림 또한 신기해 하루에도 몇 번씩 초항아리와 초병을 들여다본다.

우연히 천연발효식초 만들기에 관심을 갖게 되어 술을 빚고 초를 안치며 하루에도 몇 번씩 불가시의 세계에 살던 존재들을 가시의 세계에서 만난다. 당성분을 먹고 알코올을 만드는 효모균과 알코올을 먹고 식초를 만드는 초산균은 사람의 눈으로 볼 수 있는 가시권에서는 결코 보이지 않는다. 사람은 눈에 보이지 않으면 쉽게 존재를 인정하지 않는다. 그러나 알코올발효를 시키고 식초를 만들어 가는 것을 보면 그들의 존재를 또렷이 볼 수 있다. 만물의 영장이라는 인간이 눈에 보이는 게 다가 아님을 그들을 보며 또 한 번 배운다.

하물며 사람을 어찌 눈에 보이는 것으로만 판단하랴. 한여름 온통 녹음이던 잎들도 가을이 되면 자신이 가진 본색을 드러낸다. 잘 익은 벼가 고개를 숙이고 하늘이 맑은 얼굴로 인사하는 겸손한 가을이 다시 오고 있다. 눈에 보이는 것으로 사람과 사물을 판단하는 오류를 범하지 않도록 매사에 겸손해야 함을 겸손한 가을을 맞으며 다시 한 번 곱씹어 본다.

하지정맥

어느 날부터 두 다리가 묵직하며 걷는 게 좀 힘들게 느껴졌다. 피곤해서 그런가 하며 며칠 운동하는 것을 쉬어 보았는데 하루 이틀이 지나도 괜찮아지지 않는 것이었다. 더하여 날이 갈수록 한 발 한 발 떼는 것도 힘이 들고 아팠다. 병원에 가니 몸살인 것 같다며 수액을 맞고 약을 먹으면 괜찮아질 거라 했다. 수액을 맞고 처방해 준 약을 보름 정도 먹었다. 그래도 나아질 기미가 보이지 않았다. 몸의 어디라도 아프면 안 좋겠지만 다리가 막상 아프니 마음먹은 대로 움직일 수 없는 게 가장 속상했다. 한 발 떼기도 저리고 아프니 좋아하는 운동은 꿈도 못 꾸게 되었다. 원인을 찾지 못하고 아프기만 하니 언제 나아서 운동을 할 수 있을지도 의문이어서 새날이 밝아도 마음은 무겁기만 했다. 태어나서 가장 잘한 것 중 하나라고 여길 만큼 좋아하는 게 운동인데 벌써 한 달 가량 운동을 못하니 사는 게 재미없어지는 것 같았다. 날이 가도 차도가 없자 의사도 이상한지 건강검진을 안 했으면 받아 보라 했다.

해마다 그렇지만 죽을 정도로 아프지 않으면 잘 하지 않는 게 건강검진이다. 해서 작년에도 걸렀다. 이참에 검진을 하기로 했다. 동네병원이 아닌 대학병원에 가서 비싼 비용을 지불하고 좀 세밀한 검진을 했으나 결과는 모든 면에서 좋게 나왔다. 도대체 원인이 뭘까. 물을 흠뻑 머금은 솜 뭉텅이같이 무거운 것은 아마 혈액 순환이 안 되어 그렇지 싶었다. 혹 말로만 듣던 하지정맥이란 병에 걸리면 이렇게 아픈 것일까. 검색을 해 보니 하지정맥은 퍼런 핏줄이 피부 표면으로 불거져 나와 있다. 하지만 초기에는 그렇지 않을 수도 있겠다는 생각이 들어 하지정맥 전문 병원에 가서 검사를 받아 보기로 했다.

초음파 검사결과 하지정맥 초기라 하였다. 초기지만 종아리 한 쪽은 이미 판막이 닫혀져 있는데 닫힌 판막은 수술 말고 다른 방법이 없다 했다. 갈수록 증세가 심해질 것이니 바로 수술을 하자고 했다. 가는 날 난데없이 수술을 하자 하니 병에 대한 주변 상식도 없을뿐더러 난감하기도 하여 집에 가서 생각을 해 보고 다시 오겠다 했다. 의사는 수술이 쉽다고 했지만 그래도 수술은 수술인데 혹 다른 방법이 없을까 생각하다 오래전 발목펌프운동이 혈액 순환에 좋다는 이야기를 들었던 기억을 떠올렸다.

인터넷은 적절하게 사용하면 참 유용하다. 발목펌프운동을 검색하니 운동을 하는 방법과 효과, 후기도 많이 올라와 있는데 '이거다' 하는 느낌이 왔다. 바로 편백나무로 만든 경침을 구입했다. 문제는 층간 소음이었다. 아파트의 층간 소음 문제는 심심찮게 뉴스가 되고 있지 않은가. 그렇다고 운동을 하지 않을 수도 없으니 어떻게 해야 할지 한참을 생각했다. 궁리 끝에 경침 아래에 두꺼운 이불을 깔고 강도를 약하게 해 보기로 했다. 그래도 문제가 생기면 답답한 사람이 우물 판다고 기구를 챙겨 들고 아파트 단지 안에 있는 정자에 가서라도 해 볼 참이었다. 며칠이 지나도 아래 위층에서 아무런 연락이 안 오는 걸 보니 괜찮은 모양이었다.

아침에 눈 뜨자마자 잠자리에서, 저녁에 잠들기 전에, 그리고 할 수 있는 조건만 되면 수시로 발목펌프운동을 했다. 일주일 정도 지났을까. 나도 모르는 사이 가볍게 걷고 있는 자신을 발견했다. 신기했다. 수액주사를 맞고 독한 약을 먹어도 차도가 없던 것이 말끔히 나은 것이다. 다시 운동을 하고 조깅을 할 수 있게 되었다.

나는 항간에 떠도는 민간요법 같은 것은 아예 듣지 않고 믿지도 않았다. 과학적 근거에 바탕 한 제도권 의학만이 믿을 수 있는 것이고 민간에 떠도는 웬만한 속설들은 비과학적인 것들로, 마음이 약해질 대로 약해진 아픈 사람들을 우매하게 만드는 요설이라고 여겼다. 그뿐만 아니라 결과적으로는 폐해만 일으키는 것으로 뭉뚱그려 버리곤 했다. 그러나 이번에 정말 무서운 것은 비과학적인 속설이 아니라 무조건적인 편견이라는 것을 알았다.

편견을 깨지 않았다면 아픈 다리로 인해 얼마나 고생했겠는가. 사람의 입이 하나인 반면 귀가 둘인 것은 듣는 것에 배로 마음을 기울이라는 것이라 했다. 듣는다는 것은 눈앞에 있는 상대의 말만을 뜻하는 것이 아닐 게다. 이웃이 가지고 있는 삶의 방식, 이해되지 않는 다른 민족의 문화, 또는 항간의 속설과 같은 것들까지도 아우르는 포괄적 상대를 일컫는 것일 게다. 과학이 급격하게 발달하던 어느 시쯤에선가 우리는 비과학적인 것들은 모두 무가치한 것으로 내몰기 시작했다. 그러나 과학과 문명이 고도로 발달하였는데도 어떤 질병은 치료가 되지 않는다. 그래서 언제부터인지 민간에서 행해지던 요법들에 관심을 가지는 의학자들이 차차 늘고 있다. 그것들을 체계적으로 연구하여 대체의학이라는 이름으로 제도권 의학에 포함하는 작업도 하고 있다. 딱 맞아떨어지는 과학적 이론만이 절대적일 것 같지만, 그게 전부가 아니라는 한계에 직면한 것이다.

발목펌프운동은 일본 사람이 우연히 개발한 것으로 발 뒤쪽에 있는 아킬레스건 부분에 힘을 가함으로써 인체의 가장 아래쪽에 몰린 피를 심장으로 활발하게 되돌아가게 한다는 원리다. 건강하고 젊은 사람이야 두말할 필요가 없지만 나이가 들면 혈액 순환 능력도 떨어지게 마련인데, 그로 인해 다리로 내려온 피가 심장으로 되돌아가지 못하고 정체되어 나타나는 게 하지정맥이란다.

발목펌프운동 덕분에 다리 아픈 것은 말끔히 나았다. 평소 좀 겸손한 측에 들 것이라며 나름 자부했는데 여러 방면으로 막혀 있다는 것을 알게 되었다. 이번 경우만 그런 게 아닐 것이다. 알게 모르게 많은 각도에서 자신도 모르는 편견의 벽을 쌓아 진리의 흐름을 막고 있을 수도 있다. 이번 일을 계기로 깊이 자성하는 중이다.

짧은 다짐

그것은 한 번도 겪어 본 적 없는 극한의 공포였다. 저녁 무렵이었다. 그때 다른 가족들은 모두 밖에 나가 있어 집에는 나밖에 없었다. 사람이 극한의 공포와 맞닥뜨리게 되면 나이에 상관없이 지적 상태와 판단력은 다섯 살 정도의 수준이 되어 버린다고 한다. 저녁 준비를 대충 끝내 놓고 편한 마음으로 텔레비전을 보고 있는데, 갑자기 거실이 흔들리고 몸이 놓인 바닥이 좌우로 심하게 흔들렸다. 그것은 이웃나라 일본에서 심심찮게 일어나는 지진이었다. 우리나라에서 지진을 겪어 본 사람이 얼마나 될까. 그러나 이번에 지진을 겪은 사람들은 알게 됐을 것이다. 극한 공포를 맞닥뜨린 순간에는 무엇을 어떻게 해야 하는지 아무 생각이 들지 않는다는 것을.

지진이 거의 일상화되어 버린 일본에서는 지진이 발생하면 대피 시스템에 따라 일사분란하게 피신을 한다고 한다. 그러나 우리나라에서는 일본처럼 큰 지진을 겪은 적도 없고 따라서 체계화된 대응 시스템도 없다. 게다가 생전 겪어 보지도 않았으니 도대체 뭘 어찌 해야 하는지가 떠오르기는커녕 아무 생각도 나지 않았다. 글자 그대로 머리가 하얘지는 것이었다. 설령 안다 하여도 그 순간 이성적으로 대처할 수가 없다는 것을 이번 지진을 겪은 사람들은 알 것이다. 지진이라 느낀 그 짧은 순간, 집 밖으로 나가야 하나 말아야 하는가도 판단이 되지 않았다. 다행히 그 순간은 빠르게 지나갔다. 잠시 후, 텔레비전 화면에 뉴스속보라는 자막이 떴다. 경주 부근에서 진도가 높은 지진이 발생했다고 했다. 놀란 가슴을 겨우겨우 진정시키고 속보를 보는데, 유독 여진이 있을 수 있으니 주의를 하라는 말이 쏙 들어왔다.

불행히도 예감은 딱 들어맞았다. 첫 진동이 있고 한 삼십 분쯤 지났을 때인가. 다시 집이 심하게 흔들렸다. 이번에는 좌우만 흔들리는 게 아니라 동시에 위아래로도 흔들렸다. 내 몸은 자동인형처럼 후들거렸다. 불과 몇 십 분 전에 한 번 경험을 해서인가, 이번에는 일본 지진 뉴스 때 보고 들었던 게 퍼뜩 생각났다. 안전한 벽 쪽으로 가야 한다. 무릎걸음으로 후들후들 떨면서 본능적으로 벽을 향해 기어갔다. 그 순간 휴대폰이 울렸다. 떨리는 목소리로 전화를 받으니 작은아들인데 밖에서도 땅이 흔들리는 것을 크게 느꼈다며 얼른 집 밖으로 나가라 했다.

후들거리는 다리로 어떻게 내려왔는지 모르게 계단을 통하여 밖으로 나왔다. 이쪽저쪽에서 사람들이 나오고 있었다. 모두 공포에 떨고 있었다. 밖에 나와서도 놀란 심장은 잘 진정되지 않았다. 지진은 정말 무서운 것이었다. 지금껏 겪어 본 그 무엇과도 비교할 수 없는 성질의 공포였다. 극한 상황에서 본능은 살아야겠다는 생각 그 하나밖에 들지 않았다. 짧은 순간이지만 죽음과 맞먹을 듯한 공포를 지나온 사람들이 모여들었다.

사람들은 죽고 싶다는 말을 참 쉽게 그리고 자주 한다. 무슨 일이 잘 안 풀리거나 견디기 힘든 고통과 마주하게 될 때 마치 노랫가락에 추임새 넣듯 죽고 싶다는 말을 내뱉는다. 그런데 이번에 지진을 겪으며 사람들은 실감했을 것이다. 자신들이 삶에 대해 얼마나 애착을 가지고 있는가를. 죽음과 직면해 본 사람들은 쉽게 죽고 싶다는 말을 하지 않을 것이다. 죽고 싶다는 말을 아무 생각 없이 내뱉는 사람은 역설적으로 삶에 대해 여유가 있는 사람들이지 싶다. 짧은 순간이지만 지진과 같은 죽음에 대한 공포를 직접 겪어 보면 삶이란 희로애락 가운데 노와 애만 있다 한들 소중하고 소중한 것임을 알게 될 것이다.

사람이 제아무리 잘나고 뛰어난 능력을 갖고 있다 할지라도 대

자연이 부리는 위력 앞에서는 아무런 대응도 할 수 없는 미약한 피조물에 불과할 뿐이라는 것을 이번 지진을 겪으며 뼈저리게 느꼈다. 유치하지만 이제부터는 착하게 살아야지 하는 생각도 들었다. 시간이 지나면 언제 그랬냐 하겠지만 살아 있는 게 그리 고마울 수가 없게 느껴지는 순간이었다. 언제 죽을지 모르는 불확실한 시대에 웬만하면 좀 참고 이해하고 또 나누며 살아가야지 하는 시효가 짧은 다짐도 했다. 정신을 가다듬고 근동에 살고 있는 아는 친척과 이웃 사람들과 놀란 마음을 전화로 주고받았다. 그래도 이만하니 다행이라며 서로를 위로 했다.

사람들은 또다시 발생할지 모를 지진 생각에 근처에 있는 공원 주차장으로 차를 몰고 갔다. 넓은 공원 주차장이 차들로 꽉 찼다. 미처 주차장에 차를 대지 못한 사람들은 도로가에 차를 댔다. 공포에 질린 사람들이 주차장에서 하늘로 우뚝 솟은 아파트를 바라들 보았다. 내가 살던 아파트가 그렇게 낯설게 보일 수가 없었다. 문을 열고 들어가면 세상에서 가장 편했던 곳이 세상에서 가장 무서운 흉기가 되는 순간이었다.

시간이 흘러도 사람들은 집으로 들어가야 할지 말아야 할지 결정하지 못했다. 사람의 머리가 뛰어나 달을 밟고 우주 정거장에서 며칠을 지내기까지 한다. 그러다 지구로 다시 돌아오는 마법 같은 능력을 발휘하기도 하지만, 또다시 땅이 흔들려 집이 무너

질지 무너지지 않을지 그 단순한 답은 아무도 알 수가 없다. 나라를 이끄는 최고 지도자라도 초능력자라도 알 수가 없는 것이다. 시간이 한두 시간 흐르고 밤이 늦어서야 사람들은 하나둘 집으로 돌아가기 시작했다. 돌아가면서도 불안한 마음들은 놓지를 못했다. 마지못해 들어가지만 너나없이 불안한 마음은 한결같았다. 다행히 더 이상의 흔들림은 없었다.

며칠 후 아는 이들끼리 모이는 자리에 오랜만에 참석했다. 그날따라 오랜만에 참석했다고 모두 나에게 한 턱을 내라 하기에 기꺼이 내겠다고 했다. 그 무시무시한 지진도 겪었는데 이깟 밥값이 뭐라고 하면서 흔쾌히 냈다. 언제 어떻게 죽을지 모르는 불확실한 시대에 웬만하면 좀 참고 이해하고 나누며 살아가야지 하는 시효가 짧은 다짐 하나를 행동으로 옮긴 것이다.

저녁 식사

저녁이 다가오고 있다. 하루를 마무리하고 심신의 모든 긴장을 내려놓을 수 있는 시간, 저녁. 가장 편안한 시간에 가장 편안하게 먹는 식사가 저녁 식사다. 또한 저녁 식사는 지상에서 맞이하는 오늘의 마지막 식사다. 무슨 반찬을 만들어야 오늘 저녁을 맛있게 먹을 수 있을까. 김치와 밥은 기본이니 국으로는 미역국, 된장국을 끓여 볼까. 반찬으로는 시금치나물, 파래무침, 구운 김, 무생채무침, 고등어나 갈치구이 등을 생각해 본다. 딱히 이거다 하는 반찬이 떠오르지 않는다.

아, 미역국은 어제 먹었지. 된장찌개도 그제 먹었네. 그럼 어묵 국이나 북엇국을 끓일까. 이리저리 생각해 봐도 가정집 반찬은 거기서 거기다. 그런데 거기서 거기인 가정집 반찬에 익숙한 어른들과 달리 아이들의 입맛은 이미 우리와 동떨어져 있다. 전통 음식보다는 패스트푸드와 친하고 잦은 외식으로 맛 들여진 입맛은 고급스러워지고 까다로워져 있다. 집에서 만든 음식은 왠지 허접해 보이고 맛도 없는 것처럼 여기는 듯도 하다. 그러니 끼니 때가 되면 더 신경이 쓰인다.

보기 좋은 떡이 맛도 좋다는 말도 있지만 요즘 음식은 맛도 맛이려니와 글자 그대로 보기 좋은 떡이 되어야 한다. 웬만한 음식점에 가 보면 멋진 장식으로 그릇에 담겨 나오는 음식은 음식만이 아니다. 음식이면서 동시에 예술작품이다. 요즘은 음식을 장식하는 전문가도 있다. 맛도 맛이지만 시각으로 먼저 먹으라는 듯 그 모양이 먹기 싫을 정도로 예쁘다. 그러니 기본에 충실한 가정 음식이 아이들에게는 더욱 탐탁찮게 여겨지지 않겠는가. 배고픈 시대를 지나온 이들에게는 격세지감이 아닐 수 없다.

먹을 게 너무 많아 머리가 어지러울 지경이니 호사로운 푸념을 하게 하는 시대다. 어쩌다 아는 사람들과 모임을 갖게 되거나 가족끼리 외식을 할 때도 뭘 먹을까 서로 한참 고민을 한다. 아무거나 먹지 하다가도 이건 별로고 저것은 딱히 먹고 싶지가 않고 또 다른 것은 느끼할 것 같으니, 이건 이래서 저건 저래서란 이유로 한참을 조율을 하고 또 조율을 하고서야 먹을 게 정해지기도 한다. 무엇을 먹어야 할지 고민하는 세상에는 배고픈 고통이 없으니 먹을 것을 걱정하는 것보다야 백배 낫다는 것은 두말하면 잔소리다.

시장이 반찬이라는 말이 있듯 배가 고프면 이것저것 가리지 않고 먹는 그 자체에 충실하게 된다. 먹을 것만 있어도 감지덕지니 반찬투정 같은 게 있을 리가 없다. 그런 조건에서는 주부들도 음식을 만드는 것에 복잡한 신경을 쓰지 않아도 되었으니 좀 편했다 할까. 요즘에야 먹을 게 많아 행복하긴 하지만, 대신 그로 인해 까다로워진 가족들의 입맛은 주부들에게 큰 부담이 되고 있는 것도 사실이다. 만만한 게 콩나물과 된장이었는데 콩나물과 된장만으로 꾸민 밥상을 차려 내다가는 사람의 됨됨이까지 맨날 그 나물에 그 밥이라는 핀잔을 듣기 십상이다.

요즘은 식탁에 앉으면 허기를 채우려는 본능도 본능이지만 좀 더 고급스럽고 멋진 무언가를 즐기려는 욕구가 많은 부분을 차지하는 것 같다. 좀 더 맛있고 좀 더 멋스러운 음식을 먹으며 느끼는 자존감 같은 것이랄까. 그러니 주부들은 음식이면서 동시에 음식 수준을 넘어서는 마법과 같은 요술이라도 부려야 할 판이다. 또한 예전처럼 많이 먹지도 않으니 가능하면 영양가는 높고 칼로리는 적은 음식을 보기 좋게 만들어야 하는데 가정에서 그렇게 하기에는 한계가 있다. 갖은 고명을 필요로 하는 음식을 만들 때는 아주 조금씩 여러 종류의 채소들이 필요할 때가 많다. 음식점에서는 대량으로 만드니 아주 조금 모양으로 넣는 재료라도 손쉽게 구입하면 되지만 가정에서는 그게 어렵다. 속을 확 풀어 주는 데 그만인 해물탕을 끓인다고 해 보자. 해물탕에 들어가는 쑥갓과 미나리는 아주 적은 양이지만 없어서는 안 되는 부재료들이다. 그런데 가정에서 해물탕 끓일 때 필요한 양은 고작 서너 줄기다. 그 서너 줄기를 넣기 위해 적게 포장을 한 것이라도 한 단은 구입해야 한다. 그러니 대개 나머지는 썩어서 버리기 일쑤다. 그런 한계가 있다 보니 가정에서 하는 음식이 거기서 거기인 게다.

남편은 같은 시대를 지나온 입맛을 가져서인지 대체로 말이 없는데, 어릴 때부터 바깥 음식에 눈과 입이 길들여진 아이들은 엄마가 만드는 음식들을 좋아하지 않는다. 저네들 말로 표현하면 음식의 비주얼부터가 아니란다. '네가 직접 해 먹어' 하고 내뱉고 싶을 때도 많지만 이제 다 자랐으니 엄마가 해 주는 음식을 먹는 시간도 많아야 얼마나 더 있겠냐며 속으로 삭인다. 이제는 요령도 생겨 '엄마는 더 이상 맛있게 만들지 못해, 어쩌겠니?' 하고 능청스레 받아치는 여유도 생겼다. 세월이 흐른 먼 훗날, 저들도 화학조미료 같은 것 넣지 않고 가족을 위해 음식을 만들던 엄마의 마음과 노고가 문득 떠오를 날도 오겠지.

어쨌거나 오늘도 저녁 반찬을 생각하면 슬슬 걱정이 된다. 연분

홍빛 뿌리가 달큼한 겨울시금치는 영양가가 풍부하지. 해풍 먹고 자란 섬 시금치 무침과 고등어구이, 무생채와 꽃게탕으로 저녁을 차려 볼거나.

선善을 보다

잠결에 소리가 들려 눈을 떴다. 시계를 보니 아직 다섯 시도 안 되었다. 남편이 어제 해맞이를 하러 간다더니 아마 일어난 모양이다. 다른 식구들 깰까 봐 조용조용 준비를 한 후 남편은 나갔다. 매일 보는 해지만 새해만 되면 떠오르는 해를 보겠노라 새벽잠을 마다않고 나간다. 몇 년 전까지는 나도 새해의 해맞이를 한다고 연례행사처럼 경주의 감포바다와 해운대 바닷가를 향해 달려갔다. 신어산을 오르기도 했다. 시내에서 해맞이를 할 때는 새벽에 일어나 출발해도 되지만 다른 지역에서 해맞이를 하려 할 때는 한 해의 마지막 날 저녁에 출발하여 근처에서 일박을 하고 이른 새벽에 나서야 했다.

경주 감포에서의 해맞이를 떠올리면 태어나 그런 추위에 떨어

본 적은 없지 싶을 정도로 추웠던 기억이 난다. 바다는 보이지 않고 파도 소리만 여기가 바다라고 속삭이던 깜깜한 바닷가의 겨울. 밤처럼 까만 새벽 바닷가의 날씨는 정말 추웠다. 옷을 겹겹이 껴입고 모자도 쓰고 마스크까지 했지만 볼에 와 닿는 기온은 그야말로 살을 깎는 듯 따갑고 시렸다. 볼뿐이 아니었다. 옷을 껴입은 속살까지 파고드는 동장군의 위력에 연거푸 '추워'를 연발했던 기억이 난다. 그렇게 추운 강추위에도 불구하고 많은 사람들이 해를 보겠다고 바닷가에 모여 곳곳에 띠를 이루고 서서 해가 떠오를 쪽을 바라보고 있었다. 돈이 생기는 것도 아니고 눈앞에 기적이 벌어지는 것도 아닌데 달콤한 잠을 마다하고 추위와 맞서며 굳이 해를 맞겠다고 그렇게들 기다리고 있었다.

추위를 견뎌 보겠다고 발을 동동 구르고, 볼을 부비고 손을 비비대며 기다리는 사이 어둠이 점점 열어지고 기다리던 해가 드디어 떠오를 때쯤 되면 동녘 수평선에 산고인 양 붉은 선혈이 번지기 시작했다. 선혈은 점점 넓게 번지면서 곧 있을 해돋이를 사방천지에 선포했다. 잠시 후, 산고 끝에 새 생명이 태어나듯 새해 처음 뜨는 첫 해가 서서히 둥근 이마를 보이며 떠올랐다. 여기저기서 환호하는 소리들이 터져 나왔다. 사람들은 추위도 잊어버린 듯 환호성을 지르며 새해 처음으로 떠오르는 해를 담기 위해 각자의 휴대폰으로 사진을 찍었다. 어떤 사람들은 해를 향해 두 손을 모으고 큰 절을 올리기도 했다. 이슬 머금은 아침의 목련처럼 마음속으로 오직 세상의 행복과 선함만을 염원하고 있던 사람들. 사람의 마음과 영혼을 촬영할 수 있는 기구가 있다면 그 순간, 모든 사람들의 마음은 선함으로 가득 차서 오로라 같은 아름다운 띠를 그리고 있었지 싶다.

일 년에 한 번 그런다고 삶이 달라지고 세상이 달라질까. 그렇지만 종교적 의식을 행하듯 새해 첫날 새벽이면 불편을 마다하지 않고 해맞이를 되풀이하는 것은 사람의 본성이 궁극적으로 선을 지향하고 있기 때문이라는 생각을 해 본다. 물론 인간 본성을 악으로 보는 현자들도 있지만 해맞이는 선을 지향하는 행위다. 인간의 불안의식에서 생겨난 종교 역시 추구하는 지향점은 선인데, 그런 종교적 외침에 귀 기울이는 것 또한 사람들의 선한 본성이 응답을 하기 때문이 아닐까. 비록 살아가면서 충돌을 일으키기도 하고, 싸우기도 하고, 때로는 인간으로서 할 수 없는 행위를 저지르기도 하지만 해맞이처럼 날을 정해 놓고 수시로 마음을 다잡는 것을 보면 인간의 본성이 악이 아닌 선에 기인하기 때문이라는 생각이 든다.

정갈한 마음으로 해를 맞이하려고 다디단 이불 속 유혹을 걷어내고 아직 깊은 잠에 빠져 있는 집의 현관문을 살그머니 열고 의식을 행하듯 산이나 바다를 찾아나서는 것은 순수한 내면의 순화를 바라는 기원일 게다. 순화된 마음은 바른 길을 볼 수 있는 혜안의 각을 넓힌다. 순화된 마음으로 다가오는 미래를 경건하게 맞자는 마음 또한 내면의 선한 본성이 부르는 소리에 화답하는 것일 게다. 그것은 이미 주어져 있는 선성이 이끄는 것이고 그 횟수가 많으면 많아질수록 개인과 사회, 그 삶의 됨됨이 들이 아름다워질 것이다.

그런데 몇 년 전부터 안타깝게도 해맞이를 하지 못하고 있다. 겨울 새벽, 산꼭대기나 바닷가의 칼바람이 일으키는 추위는 어마무시하다. 새해 첫날 떠오르는 해를 보는 것도 의미가 있긴 하지만 여간 고통스러운 게 아니다. 또 달콤한 잠의 요람인 새벽 이부자리가 잡아끄는 것도 거절하기 힘든 유혹이다. 그래서 한 해 두 해 빠지다 보니 올해도 가지 못했다. 그러나 남편은 혼자서도 여전히 해를 맞으러 산을 올랐고, 오늘도 어김없이 이른 새벽에 집을 나섰던 게다.

햇빛이 창을 물들일 즈음, 휴대폰의 알림음 소리와 함께 사진들이 마구마구 전송되어 온다. 남편을 비롯하여 부지런한 사람들이 찍은 해돋이 사진들이다. 사진으로나마 티 하나 없이 깨끗한 새해를 보라고 보내 주는 것이다. 그러나 사진 속의 해는 주홍색의 작은 점에 불과하다. 해를 제외한 피사체들은 아직 검은 물체로 뭉뚱그려져 있어 실제로 보는 것과는 상당한 차이가 있다. 하지만 이미지 속의 해도 새해라 여기고 바라보면서 마음을 다잡아 본다.

똑같이 반복되는 날에 똑같은 사람, 똑같은 풍경의 세상 속에 비슷비슷 얽혀 살아가고 있지만 새해 첫날만 되면 마치 의식을 행하듯 해맞이를 하는 많은 사람들. 경건하게 해를 맞이하는 사람들을 보면 사람의 본성은 본디 선이 아닐까 다시 한 번 생각하게 된다. 해를 맞이하는 사람들, 선을 보는 순간이다.

김장

자주 들르는 인터넷 카페에 김장배추 절임 예약을 받는다는 글이 올라와 있다. 어느새 김장철이 되었나 보다. 세상 참 편해졌다. 예전에는 상상조차 할 수 없던 일들이 지금 요소요소에서 일어나고 있다. 까딱까딱 클릭 몇 번이면 소금에 절여서 깨끗이 씻어진 배추가 집까지 배달되어 온다. 배추를 받아 양념으로 버무리기만 하면 되니 참 살기 좋은 세상이다.

나 어렸을 때만 해도 김장이란 어마한 연중 행사였다. 어느 집이든 배추 백 포기는 기본이었고 더 많이 담그는 집들도 많았다. 말이야 쉬워 백 포기지, 배추 백 포기를 다듬고 절이고 씻는 것은 여간한 일이 아니다. 배추만 있으면 되는 게 아니니 무채 썰기며 마늘과 생강의 껍질을 까고 다지기 등, 해야 할 일이 정말 많았다. 그러니 엄마는 김장을 담그기 며칠 전부터 부재료들을 한 가지씩 장만을 했다.

한두 포기도 아니고 많은 양을 사야 하다 보니 그때는 대개 배추와 무는 직접 밭에 가서 사 와야 했다. 지금처럼 집에까지 배달을 해 주는 것도 아니어서 날을 잡아 맘먹고 사러 나서야 했다. 우리 집은 대체로 유난히 추운 십이월 하순쯤 김장을 하였다. 벙어리장갑을 끼고도 시리기만 한 손을 호호 불어 가며 리어카를 끌고 밭에까지 간다. 그야말로 집안의 큰 행사였던 것이다. 놀이가 별로 없던 때였으니 빈 리어카를 타고 가는 것도 재미있었다. 어린 우리 형제자매들은 어른들의 고달픔 같은 건 안중에도 없고 빈 리어카를 타고 가는 게 재미있어 마냥 신이 나서 엄마를 따라나섰다. 신이 난 우리 형제자매들과 달리 배추와 무가 한가득 실린 리어카를 끄는 엄마는 힘이 드셨겠지만, 겨울 동안 가족에게 맛있게 먹일 생각을 하며 그 힘듦을 견뎠을 게다.

밭에서 싣고 온 배추와 무는 마당에 차곡차곡 쌓는다. 리어카에 실린 배추와 무를 다 내리고 나면 행여 추운 날씨에 얼어 버릴 수도 있으니 볏짚과 헌 옷가지 등으로 꼭꼭 여미어 덮어 둔다. 다음 날은 아침 일찍부터 다듬기를 시작한다. 겉에 붙은 누런 잎은 잘라 내고 밑동에 칼집을 넣어 반으로 쪼갠다. 우리 형제자매들은 눈앞에 이거다 하고 먹을 게 생기는 것도 아닌데 까닭 없이 들떠 배추를 다듬는 엄마 주위를 이리저리 돌아다녔다. 딴에는 엄마가 쪼개 논 배추를 한쪽으로 옮기며 돕기도 했다. 배추를 쪼개는 것이 별 어려운 일은 아니지만 포기가 많다 보니 일일이 다듬고 쪼개는 것도 쉬운 게 아니었다. 백 포기가 넘는 배추를 반으로 쪼개 놓으면 그 양이 엄청나다. 거짓말 좀 보태 작은 산이다. 그걸 또 다 씻어서 절이는 일도 또 얼마나 힘들었던가. 그것도 지금처럼 따뜻한 실내에서 작업하는 것도 아니고 마당에서 큰 통에 일일이 물을 받아서 했으니 엄마의 그 노고는 지금 생각해도 가슴을 아릿하게 한다.

힘들게 배추를 절이고 나면 해가 지고 날은 어두워져 있었다. 처마에 달린 희미한 백열전구 불빛을 빌려 서둘러 뒷정리를 하고 나면 배추를 손질할 때 남겨 둔 속이 노란 배추가 마침내 저녁상에 오른다. 가을 따사로운 햇빛에 잘 곰삭은 멸치젓갈로 쌈을 싸서 먹는 저녁은 김장하는 날의 백미다. 노란 배추 속잎에 밥 한 술 놓고 잘 익은 멸치젓을 올려 볼이 미어지도록 우거적우거적 씹어 먹으면 바람이 집 밖에서 난동을 부려도 단수한 행복으로 방안은 훈훈했다.

지금은 변한 세상만큼 김장을 담그는 풍속도 많이 변했다. 먹을게 많아지다 보니 반찬도 가지가지 다양해져 김장을 담는 양도 확 줄었다. 굳이 김장이라기보다 예전으로 치면 그냥 김치 담그는 수준이라고나 할까. 그마저도 담지 않는 집도 많아지고 있다. 우리 집도 예외는 아니어서 김치를 먹는 양이 일 년을 통틀어도 얼마 되지 않는다. 그러다 보니 김장 양도 삼십 포기에서 스무 포기로 줄더니 이제는 열 포기도 많은 지경이 되었다. 기껏해야 열 포기 정도인데 김장을 꼭 해야 하나 하는 생각이 들 때도 있다. 그렇다고 하지 않으면 또 아쉬운 게 김장 김치다. 그래서 적은 양이지만 해마다 김장을 한다.

적은 김장을 하면서도 좀 더 수월하게 하기 위해 절여서 씻어 놓은 배추를 구입해 김장을 담그는 집이 늘어나고 있다. 그래도 나는 아직 배추를 사 와 직접 절여서 김장을 한다. 배추는 간수가 빠진 좋은 천일염으로 절여야 짜지 않고 달면서 맛있게 간이 밴다. 발코니 항아리 속에는 몇 년 전에 구입하여 지금도 간수를 빼고 있는 좋은 천일염이 있다. 힘은 들어도 직접 구입하여 내 손으로 하는 것만큼 믿음이 가는 것도 없다. 그리고 재료에 대한 믿음도 믿음이지만, 그렇게 김장을 담그다 보면 김장과 연결된 아직은 살아 계시던 양친과의 정겨운 추억이 살아나기 때문이기도 하다. 사나흘 계속되는 김장대첩에서 엄마는 몸이 고단했겠지만 우리 형제자매들은 알 수 없이 들떠 기분이 좋았던 그때 그 시절이었다.

올해도 속이 노란 맛있는 배추를 사 와서 간수를 빼 둔 천일염으로 직접 절여 김장을 하려고 한다. 배추를 쪼개고 절이고 양념을 치대노라면 아주 오래전, 아직은 살아 계시던 엄마 아버지와 함께 우리 가족들이 함께 하하 호호 웃던 그 시절의 겨울이 떠오르며 눈가가 촉촉해질 것이다.

팥죽

올해, 드디어 벼르고 벼르던 팥죽을 끓였다. 해마다 동짓날이 되면 팥죽이 먹고 싶었지만 손수 끓이지는 않았다. 늘 다니던 길이 눈에 익숙하고 음식도 먹어 본 음식을 잘 먹듯 몸은 어릴 때 이맘때가 되면 어김없이 먹었던 팥죽을 먹고 싶어 하는, 나와 달리 가족들은 팥죽을 별로 좋아하지 않는다. 대개의 여자들이 그렇듯 자신이 먹고 싶은 음식은 일부러 잘 만들지 않는다. 또 좋아한댔자 기껏해야 한두 그릇이면 될 것을 굳이 만들자니 번거롭기도 해서 해마다 그냥 지났다. 요즘은 전문 죽 집도 있어 한 그릇 사 먹어도 되기 때문이기도 했다. 그러나 유명하다고 소문이 난 전문 죽 집에서 끓인 팥죽을 먹어 보아도 옛날에 먹던 맛은 나질 않았다.

옛날의 겨울은 똑같은 겨울이었지만 참 추웠다. 그 춥던 겨울을 마다하지 않고 해마다 돌아오는 동짓날이 되면 일 년 만에 보는 맛있는 팥죽을 배가 터지도록 먹었다. 엄마는 동지 하루 전날 저녁에 팥을 삶고 찹쌀을 섞은 쌀을 불렸다. 불린 쌀은 다음 날 아침, 소쿠리에 담아 물기를 뺀 후 방앗간으로 가서 빻았다. 말이야 쉽지만 동짓날 방앗간은 불린 쌀을 빻으려는 사람들이 문밖까지 줄을 서서 차례를 기다려야 했으니 그 일도 예삿일이 아니었다. 한참을 기다려야 겨우 차례가 돌아오는데, 그러거나 말거나 팥죽 먹을 생각으로 가득 찬 우리들은 신이 나서 방앗간까지 따라가 그 지루한 차례를 참고 기다렸다.

오후를 넘어 쌀가루를 만들어 오면 익반죽을 하여 새알을 빚는다. 두레상에 둘러앉아 새알을 빚는데 엄마는 한 번에 두세 개를 거뜬히 비비셨지만 우리는 한 개씩 비벼도 엄마의 속도를 따를 수 없었다. 나이가 많고 적은 우리 형제자매들처럼 빚어 놓은 새알도 더러는 크게 더러는 작게 빚어지기도 했다. 새알이 한 상 가득해지면 다른 상을 차리고, 또 다른 상마저 가득해지면 쟁반이란 쟁반은 모두 새알을 받아 안기 위해 차례차례 방으로 불려 들어왔다. 새알이 어느 정도 빚어지면 엄마는 전날 푹 삶아 둔 팥을 소쿠리에 담아 으깨고 그동안 우리들은 남은 반죽으로 새알을 열심히 빚었다.

불린 쌀을 넣은 팥물이 솥 안에서 마침내 설설 끓기 시작하면 맨 먼저 빚어 둔 새알부터 함지에 담아 부엌으로 간다. 먼저 빚은 새알의 표면이 그동안 굳어 서로 달라붙지 않기 때문이다. 팥물이 설설 끓는 솥 안으로 새알심을 조심조심 집어넣고 바닥이 눌어붙지 않게 주걱으로 몇 번 저은 후 뚜껑을 닫고 조금 있으면 팥물에 목욕을 한 새알들이 하얀 얼굴로 동동 떠오른다. 팥죽이 얼추 되었다는 신호다. 엄마는 앙금이 눌어붙지 않게 주걱으로 젓고 우리들의 목은 침을 삼키느라 분주했다.

막 끓인 팥죽은 묽어서 식감이 좀 떨어지기도 한다. 시간이 좀 지나면 되직해져 입안에 착착 감기지만 일 년을 기다렸는데 어찌 또 기다리겠는가. 금방 끓인 뜨거운 팥죽도 입천장이 데일세라 호호 불어 가며 맛있게 한 그릇을 비운다. 배가 터지도록 먹고 나면 엄마는 나머지 팥죽을 마저 끓였다. 서너 솥 끓인 팥죽은 장들이 담겨 있는 마당가 항아리 곁에 내어 둔다. 그때는 팥죽을 참 많이 끓였다. 마치 명절처럼 몇 솥을 끓여서 두고두고 먹었다. 살얼음이 낀 팥죽은 지금은 결코 먹어 볼 수 없는 겨울 별미 중 별미다. 팥죽을 먹을 수 있는 며칠 동안은 마음이 푸근해서 시간 또한 즐겁게 지나갔다.

배부르면 배고픈 때를 잊어버리듯 고급스럽고 맛있는 음식들이 많아지면서 팥죽은 점점 잊혀 갔다. 그런데 가난한 시절에 먹던 음식이라 다시는 찾지 않을 것 같던 팥죽이 한 해 두 해 지나며 생각이 나는 거였다. 그러나 마음먹고 하면 못 할 것도 없는데 막상 끓이려니 엄두가 나지 않았다. 아쉬운 김에 유명한 죽 전문 식당에서 팥죽을 사서 먹어도 보았지만 원하던 맛이 아니어서 해가 더할수록 옛날에 먹던 팥죽이 점점 더 먹고 싶어졌다. 해서 올해는 열 일을 제치고 동짓날에 팥죽을 끓인 것이다.

팥을 고고 방앗간에 가서 불린 쌀을 빻아와 새알을 빚었다. 양이 많지 않아 혼자 해도 금방 빚기를 끝냈다. 팥물을 만들고 불린 쌀을 넣어 불을 붙였다. 설설 팥물이 끓자 새알심을 집어넣고 다시 새알이 동동 떠오를 때까지 끓였다. 새알이 완전히 익을 때까지 끓인 후 소금으로 간을 맞추었다. 팥죽이 만들어졌다. 얼른 한 숟가락 떠서 맛을 보았다. 그래, 바로 이 맛이다. 위장이 번쩍 눈을 떴다. 내 속도 그 맛을 기억하고 있었던 게다. 얼마 만에 먹어 보는 팥죽의 진미인가.

생명체에는 선조들로부터 이어져 오는 유전자들이 몽땅 모여 있다. 그 유전자들 속에는 선조들의 생체리듬이나 섭취한 음식, 성격 등에 대한 정보가 고스란히 담겨 있다. 어찌 보면 선조와 내가 별개인 것 같지만 유전자의 동일성에서 보면 별개의 개체가 아니다. 유전자가 담긴 용기만 변했을 뿐 유전자가 그대로니 음식에 대한 호오도 비슷한 것이다. 그러니 선조들이 섭취했던 음식이 불현듯 당기는 것은 유전자가 그 성분을 필요하다 보내는 신호이기도 할 것이다.

세상이 부유해지면서 생김새도 예쁘고 고급스러운 음식들이 많이 생겨났다. 영양가 높은 음식들이 많아지면서 가난한 시절에 먹었던 음식들은 촌스런 음식으로 여겨지기도 한다. 또 세련되고 교양 있어 보이는 서양 음식들에 자연히 뒤로 밀려나가기도 한다. 그러나 건강에 대한 관심이 높아지면서 역설적이게도 그 시절에 먹었던 거친 음식들이 자연식 또는 건강식으로 재조명 받고 있다. 돌이켜 생각하기 싫은 가난한 시절이었지만 우리 민족이 품고 있는 정서를 고스란히 품고 있는, 우리 유전자에 분명하게 각인되어 있는 음식들의 가치를 되찾는 계기가 된 것이다. 바람직한 일이다.

건망증

오랜만에 반가운 글벗들을 만나기로 한 날이다. 한동안 이리 바쁘고 저리 바빠 글벗들과의 만남을 거의 갖지 못하고 지냈다. 보고 싶은 사람을 만나지 못하고 지내는 세월은 변비가 걸려 며칠씩이나 배설 활동을 못하는 몸처럼 찌뿌듯하게 흘러간다. 그렇게 지내던 차, 마침내 보고 싶은 얼굴들을 보게 되었으니 아침부터 마음이 바쁘다. 일을 마치고 집으로 돌아와 곧바로 가족들이 먹을 저녁을 준비한다. 저녁 준비를 마치고 나니 모임 장소로 출발하기 마침맞은 시간이 된다. 모든 준비를 끝낸 후, 옷매무시를 가다듬고 집을 나서는 발걸음이 가볍고 마음은 벌써 마른 논바닥에 물이 들듯 촉촉해진다.

생각이 서로 비슷하고 거기다 대화까지 통한다면 더없이 좋은 인연이지 않은가. 글벗들이 그렇다. 살아가면서 다양한 부류의 사람들을 대하게 되고 또 여러 모양으로 인연을 이어 간다. 그렇지만 무엇보다도 글을 쓰는 사람들에게는 글벗만큼 마음이 맞는 사람도 없지 싶다. 이 세계를 바라보는 것에 대해 비슷한 방식의 사유를 하고 비슷한 곳을 향해 가는 이들. 대단히 고독한 작업인 글을 쓴다는 확실한 공분모에 함께 얽혀 있으니 언제든 박자가 맞는 대화의 꽃을 피워 올릴 수 있는 것이다.

되도록 분위기가 좋은 음식점을 공들여 찾고 이왕이면 보기 좋고 맛있는 음식을 함께 나눠 먹을 수 있는 곳을 G작가가 약속 장소로 정해 놓았단다. 좋은 곳에서 오랜만에 만나니 그간의 이야기를 주고받느라 시간 가는 줄 모를 것이다. 물론 글을 쓰는 이들이니 글에 대한 이야기야 빠질 수 없는 감초지만, 작가 역시 사람이니 사람 살아가는 이야기 또한 중요하지 않은 이야깃거리 중 하나다. 그러나 일반인들처럼 사람 살아가는 이야기를 하더라도 만나면 반갑기 그지없다. 키로 까불면 가라앉는 곡식의 낱알처럼 딱히 남는 명분의 이야기는 없어도 무작정 즐거운 게 글벗들과의 만남이다. 남이야 뭐라 말하든 간간히 물질보다 정신세계를 추구하고 추보다는 미를, 불의에 대해서는 정의를, 불화보다는 평화를 추구하는 문사라 자부하며 특정한 사안에 대해 이렇다 저렇다 정의로움을 외치기도 한다.

약속한 장소에 도착한 후 외투를 벗어 옷걸이에 걸었다. 요즘은 웬만한 식당에도 옷걸이가 준비되어 있어 그냥 바닥에 밀쳐 두지 않아도 된다. 며칠 전 모임을 마치고 집으로 돌아오던 길에 외투를 식당에 두고 온 게 화들짝 떠올라 되돌아가서 가지고 왔던 일이 생각났다. 이번에는 그런 일 없게 잘 챙겨야 한다는 생각을 했다. 곧이어 나머지 사람들도 도착했다.

떠들썩한 인사를 주고받은 후, 문단 이야기와 글 이야기를 나누며 맛있는 오찬을 즐겼다. 문단과 글 이야기가 고갈될 때쯤, 아니나 다를까 이제 남 이야기가 아닌 나이 이야기가 어김없이 등장한다. 나이 이야기하면 또 건망증을 빼놓을 수 없다. 나보다 연배가 제법 위인 분들이니 건망증 이야기도 자연스럽게 화제가 된다. 신발을 벗어 냉장고에 넣고 장 본 비닐봉지는 신발장에 넣는다는 것을 비롯하여, 전화기를 냉장고에 넣어 둔 것을 잊어버려 하루 종일 찾은 것이며, 열쇠를 손에 쥐고 사방으로 찾으러 다닌다는 것하며 일반적으로 많이 알려진 건망증에 얽힌 이야기들을 하며 한바탕 떠들고 웃었다. 결코 웃을 사안이 아니지만 허리를 잡고 웃었다. 웃지 않으면 또 어쩌겠는가. 청춘은 후진기어를 놓고 되돌아갈 수 있는 곳도 아니고 젊음으로 가는 길은 이미 봉쇄되어 버린 지가 오래다. 서글프다가도 끝내 받아들일 수밖에 없는 것이 세월이다.

한참을 이야기에 빠져 있는데 종업원이 문을 두드렸다. 저녁 영업을 준비해야 한다며 좀 나가 달라 한다. 시계를 보니 네 시가 다 되었다. 점심 한 끼 먹고 미안하게도 참 오래 있었다. 서둘러 계산을 하고 나와 아쉬운 마음은 뒷날을 기약하고 헤어졌다. 그런데 집에 거의 다 왔을 때 아차, 외투를 식당에 두고 온 게 생각이 나는 게 아닌가. 지난번처럼 잊어버리지 말고 잘 챙겨 와야지 다짐까지 했는데 또 두고 온 것이다. 어이없음에 절로 웃음이 나와 차 안에서 혼자 웃었다. 다짐도 다짐이지만 오늘 서로서로 건망증 이야기도 많이 했는데 하필 또 그렇게 두고 오다니, 나이는 어쩔 수 없는가 보다.

길가에 차를 세우고 휴대폰으로 식당 전화번호를 검색하여 전화를 했다. 그렇잖아도 옷이 있어 챙겨 뒀다 한다. 식당은 우리 집과는 상당히 떨어진 거리에 있다. 건망증으로 두고 온 옷을 찾으러 그곳까지 다시 가야 한다고 생각하니 한숨이 나온다. 이미 다 저녁이 되었으니 당장 가기도 힘들다. 귀찮지만 내일 다시 그 먼 곳까지 가는 수밖에 없겠다.